妹妹與喵

日記不交換

劇本。林乃文

繪圖。睟

妹妹，喵，與 J

默劇表演者　姚尚德

閱讀完乃文的作品，一個記憶浮現腦中。

幾年前，我跟 J 共同租了一間在巴黎近郊的房子，兩房一廚一廳一衛浴，兩個性格完全不同的男生，無緣無故在一場飯局答應對方一起租房子，就這樣開始一整年室友的生活。我們不說話，沒交流，各忙各的，然後慢慢就養成了在那個共同空間避開對方的莫名慣性；客廳有他沒我，有我沒他，兩個人一回家就各自躲進自己的世界。我於是為自己的房間添購電視，他也是；煮完飯，拿進房間吃，他也是；接著電話分了線，溝通靠留在桌上的字條，難得在門口或客廳碰見了彼此還會不知所措。

「共有」的意義對我們來說，扣除了需付的義務責任以及各自的享有之後，剩下一個存在感搖搖欲墜的生冷地帶。有一天，作完晚餐，看到 J 留的一半房租還有字條寫著：「房租麻煩，幾天不在」，我一個人坐在客廳，突然覺得面對的是一個陌生空間。空的書架、冰箱、沙發、只剩乾土的盆栽，一切擺放的位置都令人疑惑，我扒著飯，愈是觀望，愈感詭異。那張字條也詭異，像是從異度空間塞出的訊息。原來我踏出了自己的房間，就到了一片荒漠，而那片荒漠，有人名之：living room。生活的空間。

在那生活的空間，我偶爾會撞見一個影子。

放下餐盤，我往另一頭前進，去探索他的世界，去認識他。我小心翼翼推開門，電視、書桌、一張單人床、衣櫃、一小株仙人掌、滿地成堆翻譯專業書籍……我揣想他是如何運用這個空間，他唸書時的坐姿。然後我跑回自己的房間打開電視再跑回來，關上他的門，聽聽他在這裏聽到的我是怎樣？然後我翻開他的床墊，翻閱並高聲讀了幾段他看的書，打開他的衣櫃，翻著他的衣櫃，拿出一件衣服來比試（明明身材差很多），再往內挖掘，結果挖到一大包從三溫暖拿回的保險套。

不是興奮，不是錯愕，是一種很奇怪的愛的感覺。你「終於發現」這個人跟你一樣是個血肉之軀，有著可能同樣的慾望，有著如同每個人藏在深處的秘密，你感覺他活生生地在你面前跳動，甚至一度以為你就是他。愛的感覺就在此時油然升起，你在荒漠中循著影子來源，發現了一個有著心臟的真實人類。

乃文的《妹妹與喵──日記不交換》中，有一種「愛」在兩個主角對於「交換」的不同觀點中摩擦並生出火花。喵與妹妹之間也有個生冷地帶，那個生冷地帶也置放著沙發、窗簾、冰箱、餐桌。她們兩在各自的空間暢快抒寫自己心情，一到了中間地帶，語言自動變成如同那些沙發、冰箱、餐桌等物質。我說一句話，妳回一句話或是一個聲音，話與聲音好像堆疊的物件，隨著需要在空間中挪移，偶爾相疊、擦撞，然後就閒置著，或許改天還可以撈起來使用，很便利。在這樣的空間，她們自己性格中的某個特徵被推到前面，喵披帶著動物性而妹妹包裝出一種服務性格，她們口口聲聲理論說我就是這樣，但其實她們都高估且膨脹了自己。於是，房間的存在有了意義；妹妹與喵需要自己的空間去低迴、去縮小、去疑問並且用自己的語言說出生活的上下文。

這樣的室友模式當然可以冷冰冰地繼續，但乃文的筆下，一連串的精采撞擊，讓妹妹與喵的房間界線開始拆解，兩人的私領域開始延至共同空間，甚至交疊（狗成為妹妹與喵的公共空間？妹妹與喵的衣櫃敞開如同冰箱，兩人可伸手拿取……）。那些原來置放的公共物品也起了微妙變化：餐桌成為一個特異的遊樂場，食物、刀具、人似乎不分彼此地玩起遊戲，而隨著喵在劇中因憤怒而將沙發、窗簾劃破的舉動，她們各自的語言從房間滲出，開始浮動甚至破壞原來閒置的語言，一場其實驚心動魄的破壞行動延續整齣戲。而破壞也或許就是一種交流，也許奇怪，但我覺得在這種破壞中，兩個人的真實輪廓才漸漸浮出。不小心地，我又瞥見了愛。那種可以細微可以壯闊的「交流」，對我來說已是愛了。

闔上乃文的劇本，我思緒重回那年同居的公寓，感覺自己彷彿也是乃文筆下的喵或妹妹，只是當年，我沒有她劇本中「玩」得盡興，沒有在破壞之中撿拾起碎裂的自我的那種激動，當然也始終沒有好好地跟我的室友J面對面在餐桌吃個飯，甚至連告別都沒說。

回國後第二年，從未聯繫的J不知從哪得知我演出的消息，突然寄了封email給我：「你很勇敢。祝你創團表演成功！」「一貫的風格。我回了句：「謝謝，祝你在法國一切安好。」，記憶中臉上應是戴著笑容，按下送出鍵。

我們日記不交換，日記也無須交換，我們只是擦身，儘管只有三言兩語，儘管輕描淡寫，也已感受溫度。

序2

逃出來的自己

澳門劇評人　莫兆忠

2008年的夏天，一隻小貓喵闖進了窮空間，這隻無端闖入的貓很黑，一邊鬍子明顯有給整整齊齊地剪短過，牠一跑進就跳入樓梯底下，緊貼在牆邊，我們輪流看牠給牠餵食，牠便更貼近邊緣，更繃緊著身體。我們花了很多時間和方法，才與牠開始一些身體的接觸，想到《小王子》中狐狸的台詞，就以為自己學會了愛，或者現在我們的確已馴養了牠。我們給貓一個以宣示我們主權的名字「黑」。

沒多久，「黑」不躲了，牠終於學會不害怕跟我們接觸，我用軟墊包一塊暗綠的格子布，讓牠學習安定下來，讓牠學習在安穩的環境中「跟人玩耍」，接著當然是學會在適當的地方吃，適當的地方喝水，適當的地方大小二便，在適當的地方稍作休息，重覆演練我們為牠設置的，「成為一種乖乖家貓」的課程，只要牠在一個有序的環境中活動，才可以更自由地跟我們生活在一起；終於，一天早上，也許玩得餓了或厭了，牠突然從我們的監管中發力跑開，我以為牠又要回到樓梯底那暗黑又骯髒的角落；然而，牠的選擇竟是自行爬回最初給牠保護（收監）的籠子裡，吃、喝、拉，然後睡去。

看《妹妹與喵——日記不交換》，總讓我想起自己與黑的交往、角力，或者說，是我與自己的對視、對話。人將一隻貓放在身邊，彷彿就看到一個逃出來的自己；於是，

6

讀這個劇本的時候，我自作主張，就當作林乃文透過妹妹和喵來自我對話，作為創作人的她與作為評論人的她；作為劇場行內人的她與作為替雜誌、報刊來採訪行內人的她。於是與她聊天的時候，其實就是在聆聽她兩種身份之間的對話與辯證，而她又似乎總不捨得給「她們」一個結論，於是就留下很多問題，而恰恰我又是個喜歡問題多於答案的人，所以在聊天的過程裡，我總希望以聆聽去替代回應。

我曾看過乃文於《毛毛蟲兒童哲學月刊》裡連載的小說《不完美世界》（仍在連載中）；跟《妹妹與喵》的喵一樣，小說中不太完美的主角「完美」，她們都是人們「正常」的規範之外的一群，都面臨被「社會化」的……「危險」──或者我該用更中性一點的形容詞，因為看來只有喵是在逃避──拒抗被社會化，妹妹的「社會化」是主動接受過來的，而完美的「社會化」將是不經不覺、潛移默化。於是，作為戲劇觀眾，人物面臨的危機最能吸引我的關注，喵的「社會化」危機，在劇本的後段成為我感到失落的一條尾巴。妹妹的「第三者」身份是她努力「社會化」的扮演中，悄悄留下來的一度門縫，讓她心裡的貓好偷偷活著，也終於具像成喵，與自己終日對峙。

最後一場，妹妹與喵終能在平等的沙發上對話──毫無意外地是各自先經歷了一次跌痛。我似乎又再後設地看到幾次跟乃文聊天的時光。在這裡，乃文究竟要拋出一個問題，還是乖乖的給觀眾一個「安心」的答案？這個對峙，終至我寫這篇讀後感時，仍然收到她不斷寄來的一次、兩次、三次的「龜毛修改」版本。

作為一個努力拒抗社會化的澳門人，對於喵的處境當然會特別關心，而看到乃文對結局持續的修改，才讓我有些「安心」。

洞悉日常生活的自我表演性

東海岸文教基金會企劃　吳思鋒

我以為，敏感的（各樣領域的）寫作者總會在某一看似平凡、細微之時刻洞悉「日常生活的自我表演性」，而對於性喜探究事物的核心的寫作者，下一個任務便是將它書寫出來，自我療癒或以警世人。

《妹妹與喵》通過兩名初邁社會的單身女子兼室友，相反性格的摹寫，從同室的細小相處中鑿掘相處的碩大道理，它的難處在於，如何憑藉稀稀鬆常的對白堆疊為一潤厚的辯證。最精心的，是喵遇到不想回答的問題即以「喵」回應，我可以想像舞台上每當這個字出現時的效（笑）果，既含可愛的姿態亦貼近喵質疑一般價值觀的性格，以及連帶著一組關鍵詞：逃逸。

喵選擇自固定職業、人際互動逃逸，因為同住一房，她的存在一再破壞妹妹本已建構的空間、時間觀；因為同住一房，遂變成集體社會的縮影，人不可能單獨存在，交往關係是生活之必需。然而，妹妹的井然有序，就能算「面對」嗎？自然也不是。像是喵與妹妹的母親電話交談的一段，以及喵的男友阿狗現身後引發的衝擊效應，皆明示了妹妹逃逸、沉默的一面。

另一個恐怕我們無法忽略的關鍵詞是交換。名片是一種交換，做每一個決定從來都不簡單，裡面充滿複雜的人際景觀計算。交換是關係的建立，關係是地位建立的必要之惡，環環相扣，難以分割。劇作家明白指出這一點，看穿人們的正面全裸（包括她自己的？），拿她的洞見交換讀者的直視，幸好在戲劇裡的交換基本上無傷大雅，理想時還有擊敲警鐘的作用，要冷要熱端看讀者體質。

然而，最終人們渴望逃逸的其實不是生活，而是生活裡面煩人的細瑣、虛偽的空洞的局部場景，偏偏它們又是如此巨大，如霧籠罩。人們深處期盼交換的或許無關名利，而是日常裡面難得的簡單、安靜的實在的素樸時刻，即使它們一再這樣漂離，難以企及。

劇情

妹妹和喵，年輕，單身，因為城市裡的一單位公寓，偶然成為室友。

妹妹每天上班下班，喵整天待在家裡。妹妹想活得像個好人，喵想活得像隻壞貓，妹妹想亦步亦趨跟上世界的節奏，喵標榜特立獨行厭恨人云亦云，妹妹不想要愛情卻不斷涉入愛情關係之中，喵深渴愛情總得不到完整的愛情。

妹妹的愛情觀類似一種交換理論：因為彼此需要彼此，交換性、交換親密感、交換安全感、交換工作上的特權，證明自我魅力，排解致命的疏離和寂寞……。愛情是男人和女人之間的一場交換遊戲，社會是一個大型交換超市，她很容易一再陷入交換之中，但心底究竟最渴望的是什麼，她竟說不上來。

喵追求愛情的純粹境界。她認為愛就是愛，愛沒有條件，愛沒有因為所以，愛到深處無怨尤，她不曾想過退路，拒絕計算的念頭滲入腦海，惟恐計算讓愛情變得不純粹，只是，愛情竟沒她想像中美好，甚至讓生命變得苦澀無比……，是哪裡出了錯──她的愛不夠純粹；或者，愛真的需要某些條件？

妹妹和喵，她們的日記從來不交換。

兩個女生合租的公寓內部。公共空間：大門、鞋櫃，旁邊有簡單的廚房、雙門冰箱，和一扇通往浴室的門。廚房前有一張餐桌，以窗簾隔開，最靠近前舞台的地方有張舒服的舊沙發，旁邊有電話。兩扇門，分別通往阿喵和妹妹的房間。燈光亮時觀眾可窺視房間的一部分：阿喵的房間有繪圖桌和電腦，凌亂，吃喝坐臥都沒有界線可言，隨處堆疊阿喵的塗鴉和畫稿。妹妹的房間謹然有序，鏡子床衣櫃梳妝臺，略為保守和缺乏個性，但非常整齊乾淨。

人

倪美雪 廿八歲，小名「妹妹」。從小乖巧可人，有一張不微笑的時候看起來也像在微笑的臉。

擔任秘書工作。總以理性冷靜而講究正確的態度在處理事情，看似一個理性主義者，但偶爾會失控。

動作有板有眼，斯文有禮，永遠精準一致的節奏和角度，彷彿有看不見的嚴格紀律在監督。

林妙麗 廿五歲，小名「喵」。大學畢業三年，經歷多次失業、轉業後，決定做為一自由工作者。有一副不質疑的時候看起來都像在質疑什麼的表情。

大部分時間，喵閒賦在家。慵懶，但內心有無可言喻的苦悶。遇到不想回答的問題時，就學貓叫混過去。

對世俗的價值很質疑，對貓的認同比對人的認同度深。

陳旺福 廿六歲，小名「阿狗」。喵的男友，很帥，很敢，全憑雄性本能處理人生的男人。

妹妹的媽 五十三歲左右，以賢妻良母為人生職志，對女兒的教育強調「女性的教養」。

準時打電話的陌生男 從來沒出現過。

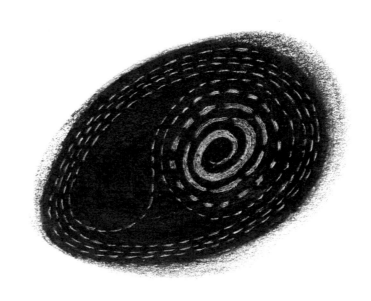

場次引索

01

日記不交換

公寓內部全景。

仔細看，一個女生蜷縮在沙發椅背上端。

燈暗兩秒燈亮。

換了個姿勢。

燈暗兩秒燈亮。

打了個哈欠。

燈暗兩秒燈亮。

翻身。

燈暗兩秒燈亮。

回到一開始的姿勢。

門打開，妹妹走進來，她可能手提價值三萬多的名牌手提包，卻穿著特價399的低跟淑女鞋，一手勾著Hello Kitty的鑰匙圈，另一手提著超市塑膠袋。她在門口站了半晌。

進門。她的生活充滿大大小小的固定儀式，譬如進門後放鞋的角度，鑰匙圈掛的位置，用小抹布擦一下門把……之類的。

妹妹換穿拖鞋後，把塑膠袋放到餐桌上，先進房間換輕便的家居服，空著兩手出來，打開塑膠袋拿出冷凍食品、鮮奶、果汁、雞蛋，放進冰箱，留一罐果汁和加熱包在桌上。把加熱包放進微波爐裡面。坐到餐桌前，拿出折扣傳單閱讀。起身拿玻璃杯，放在桌上。打開果汁。挪動椅子。倒果汁，把果汁放回冰箱。擺好晚餐要用的餐具。打開電視或音響，整理茶几的東西……，**以上動作越做越響亮。**

終於，阿喵醒來，伸了一個大懶腰。

喵 ：嗚……啊……啊……。

妹妹：啊對不起，原來妳在家。

喵 ：喵。

妹妹：沒打擾到妳吧？

喵 ：喵。

妹妹：我不是故意的。

喵 ：喵。

妹妹：真的。

喵 ：喵。

妹妹：早上八點半。

喵 ：……。

妹妹：晚上七點半。

喵 ：……。

妹妹：妳都在家嗎？

　喵　：喵。

妹妹：妙？

　喵　：喵。

妹妹：阿妙？

　喵　：喵。

妹妹：林妙麗。

　喵　：喵。

妹妹：對不起我想說，請問一下……。

　喵　：喵。

妹妹：是不是……。

　喵　：喵。

妹妹：Excuse me……。

　喵　：喵。

妹妹：拜託請講……。

　喵　：喵。

妹妹：溝通……。

　喵　：喵。

妹妹：拜託妳、這樣我們沒辦法溝通、沒辦法溝通不是我的錯、我也想……。

　喵　：（同時）喵喵喵、喵喵喵喵喵喵喵喵、喵喵喵喵喵喵喵喵、喵喵喵喵喵喵喵喵、喵喵喵。

妹妹：對不起我打擾妳了嗎我不是故意的妳不要這樣我真的沒有惡意妳是惡意的嗎妳
　　　不想講是嗎妳是這個意思嗎我不說話就是了這樣可以嗎……。

　喵　：（同時）喵喵喵喵喵喵喵喵喵喵喵喵喵喵喵喵喵喵喵喵喵喵喵喵喵喵喵
　　　　喵喵喵喵喵喵喵喵喵喵喵喵喵喵喵喵喵喵喵喵喵喵喵喵喵……。

　　　　話語完全被貓叫聲淹沒聽不見。

妹妹：（終於爆發）**夠了！**

　　　　安靜。

妹妹：對不起。

　　　　妹妹衝進自己的房間。
　　　　妹妹的房間燈亮。
　　　　妹妹坐在小梳妝台前寫日記。

妹妹：我快要瘋了，快要被我室友逼瘋了，她以為她是一隻貓。

　　　　喵以一隻貓的姿態在室內遊走。

　　　　阿妙，妳好，喵（喵同時張開嘴，以下類推）。阿妙，妳吃飽沒？喵。阿喵我
　　　　要留一點果汁給妳喝嗎，喵。阿喵我出門去囉，喵。阿妙，妳要不要叫水電工
　　　　還是由我來叫？喵。這種人怎麼相處？她連人話都不說。

　喵　：廢話。

妹妹：廢話是什麼意思？是，還是不是？好，還是不好？

喵 ：喵……。

妹妹：這實在是很覺很怪，早上八點半，我出門上班的時候，她就……那樣（姿勢），晚上七點多，我下班回來的時候，她還是，那樣（姿勢）。好像時間，不存在一樣。可是我記得在我沒進門以前，我非常肯定，我過了滿滿的一整天，非常忙非常忙碌的一整天喔：接電話啦準備資料啦開會啦整理會議記錄啦跑銀行啦訂時間還有旅館和機票……，都不是甚麼大事情啦，但是會讓我充分感覺到時間的存在。可是，當我一回到公寓，時間感不見了，因為阿喵的時間感不見了，連帶這整個房子的時間感都不見了，消失了、逃走了。

妹妹：我可是一片好心，才跟她說，幫助她社會化，像她這個樣子下去怎麼找得到工作？就算找到工作，又有誰受得了這副德行？如果我老闆跟我說：美玲，資料準備了沒？喵（喵同時發聲，以下類推）。訂位了沒有？喵。我的支票簿在哪裡？喵——鬻，我不被馬上被開除才怪！

喵 ：喵……。

妹妹：其實她只是我室友，我們大可互不干涉，各過各的。她咪咪喵喵去做她的貓，我規規矩矩作我的人，只是……只是，為什麼咧？

妹妹：想想看，不說人話是甚麼意思？變相的拒絕溝通？隱形的不以為然？對人的藐視？（藐視我嗎？）啊這真的真的是非常惡劣，與其說我討厭她講貓話，不如說我討厭她那態度，怎麼可以隨便就藐別人呢，不可原諒！

妹妹走出房門，準備與喵「溝通」，但喵已不在客廳。

阿喵的房間亮了。

喵開始在牆上畫了起來，這是她寫日記的方式。

喵 ：想想看，最愛講世界和平的是誰？美國人；賣武器最多的是誰？美國人；最常強迫人的人是誰？老闆；最喜歡談溝通的人是誰？老闆。所謂溝通，不過是強迫別人接受自己想法的藉口，我真不懂為什麼現代人嘴上都掛著溝通、溝通、溝通；心裡想著：接受、接受、接受，根本是說謊。我討厭說謊。我心目中的世界和平，就是誰都不管誰，只顧好自己就好，溝通越少越好。

人類就是廢話多，把門打開，還要說，我要出門囉。人已經回到家裡，還要說，我回來囉。早上看我走出浴室，還問我：妳起床囉——難道我夢遊不成？看我拿出碗筷，就問，妳吃飯嗎？廢話，廢話廢話廢話，通通是廢話。又問我，廢話什麼意思？廢話就是廢話的意思嘛，如果有別的意思，我不會講點別的？好像我也在說廢話了。

喵……。喵……。喵……。

妹妹在餐廳默默吃完自己的晚餐，收拾碗筷。

想要敲喵的門，遲疑，放棄。

妹妹回自己房間。

打開日記本。

妹妹：關於藐視，其實在我公司裡，甲藐視乙，乙藐視丙，丁藐視甲乙丙……大家都藐視來藐視去的，誰都瞧不起誰，不過，見面時也都客客氣氣，禮禮貌貌的——這至少比較好吧—真的嗎？好吧，也許人彼此藐視是免不了的，但至少不

應該表現得這麼明顯；就像當你不同意別人意見時，也還是要在臉上保持微笑，這就是教養嘛⋯⋯。

對，這不是虛偽，是教養，就像我寫日記一樣，不應該說的話，人家不想聽的話，我只會寫在日記裡⋯⋯。

喵不滿意自己畫的，正在用力塗掉。

喵　：甚麼嘛！甚麼嘛！亂七八糟的！甚麼嘛！（如果能把想法只凝固在腦袋裡，不輸出，就永遠不會出錯。）如果我寫日記的話⋯⋯。

妹妹：我的日記⋯⋯。

妹妹、喵：（同時）絕對不交換！

　　燈暗。

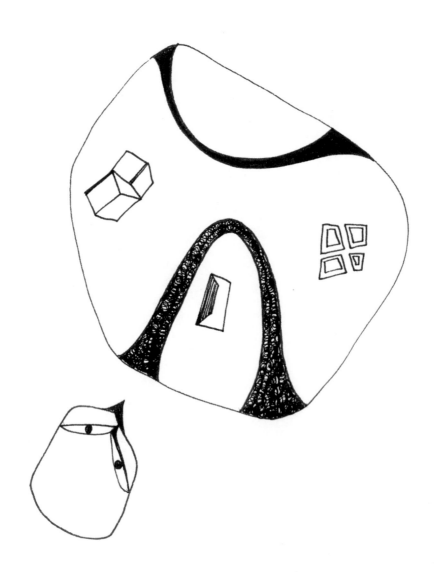

02

一成不變的上班生活

　　星期天。妹妹和阿喵同時從房間走出來。

妹妹：嗨，妳早。

　喵　：喵。

　　妹妹走到廚房打開冰箱拿出牛奶倒進有可愛圖案的玻璃杯裡面。

妹妹：妳要喝嗎？

　喵　：喵。

妹妹：妙麗，禮拜天，妳要做甚麼？

　喵　：約會。

妹妹：真好。

　喵　：去幫男人洩慾，很好嗎？

妹妹：妳怎麼這麼說？

　喵　：對喔，其實女生也有享受到。

妹妹：我不想跟妳聊這個。

　喵　：妳跟妳男朋友也不聊這個？

妹妹：我沒有男朋友。

喵　：喔？

妹妹：真的。

喵　：無所謂，反正也不關我的事。

　　　　妹妹喝完牛奶，把杯子洗乾淨，順便擦拭用過的檯面。
　　　　喵換衣服準備出門。

妹妹：挺好看的。

喵　：什麼？

妹妹：我說妳這樣穿挺好看的。

喵　：我有問過妳的意見嗎？

妹妹：沒有。對不起。

旁白（妹妹）：就是這樣！氣死人！怎麼有人天生個性這麼討厭！

喵　：喔喂！

妹妹：咦？妳叫我？

喵　：今天妳會洗衣服吧？

妹妹：嗯，對啊。

喵　：洗完衣服以後會拖地。

妹妹：對啊。

喵　：拖完地板後會做吃午餐。

妹妹：對。

喵　：然後洗碗。

妹妹：對。

　喵　：把每個碗的圖案轉成正面，對齊，然後去超市買點東西。

妹妹：嗯，對。

　喵　：然後回家，看電視。

妹妹：是啊。

　喵　：然後進房間，講個電話。

妹妹：是⋯⋯妳問這些幹嘛？

　喵　：沒啥，證明我的想法。

妹妹：甚麼想法？

　喵　：**妳的生活方式一成不變，連禮拜天都一樣。**

妹妹：這有什麼不對嗎？

　喵　：不知道，沒想過。反正也不關我的事。

　　　　喵出門去。

　　　　妹妹立刻衝到房間。

妹妹：氣死我了！世上最最最不可愛的女人！我現在非寫不可！

　　　　打開日記正要寫。

　　　　牆上的掛鐘傳出聲音：滴答、滴答。

現在幾點了？

早上十點。還不是寫日記的時間。

還有衣服要洗，地要拖，房間要打掃……。我想我還是先洗衣服好了。

放下日記。

走出房間，關上房門。

燈暗。

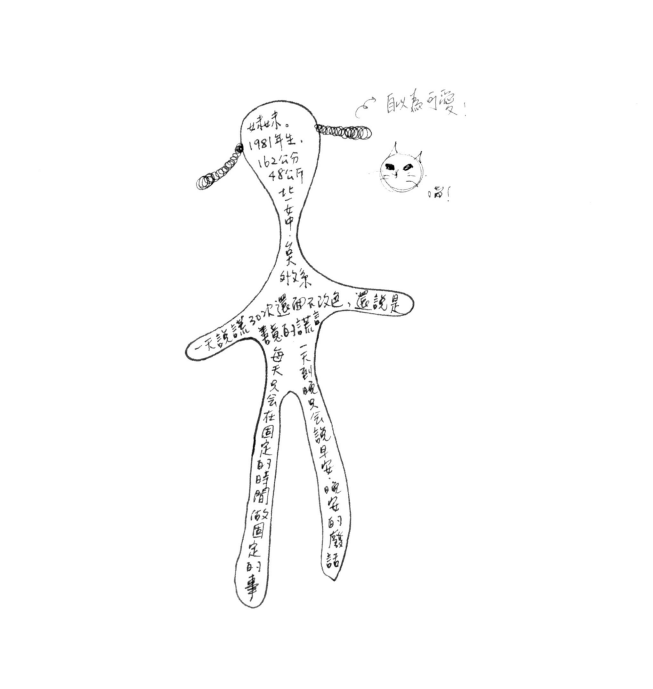

03

禮貌還是道德重要？

妹妹洗完澡走出浴室正好碰到剛回家的阿喵。

妹妹：嗨，妳回來啦。

喵　：喵。

妹妹：（嘀咕）見面打個招呼，這不是做人的基本禮貌嗎？

喵　：妳說啥咪？

妹妹：我沒說什麼。

喵　：背後說人壞話，就很有禮貌嗎？

妹妹：對不起，請問妳是不是說，誰沒有禮貌？

喵　：（模仿她）我沒說甚麼。

妹妹：妙麗，背後說人壞話是指當事人不在場時，對第三者說她的壞話。剛剛我只是
　　　自言自語而已。沒有第三個人，就不構成說人壞話的必要條件。只是我在想：
　　　人跟人見面的時候，微笑一下，點個頭，打招呼，不是最自然的反應嗎？為什
　　　麼妳不這麼做呢？

喵　：妳覺得自然，我覺得一點兒也不自然啊。

妹妹：這是人與人之間一種很好的互動方式，妳不覺得嗎？

喵　：好在哪裡？

妹妹：好在……這就好像在說，嗨，我看見妳了。

喵　：廢話，妳當然看見我了。

妹妹：但我還是要通知妳一聲，我有看見妳，我有感覺到妳的存在喲。

喵　：不降就感覺不到了嗎？

妹妹：這樣說好了，如果我跟妳說嗨妳好，妳也跟我說嗨妳好，我們之間會生出一種默契，同時心情感到愉快。

喵　：愉快？為什麼？

妹妹：因為……唉呀用講的不會清楚，你過來，跟著我做一遍，這樣妳就可以瞭解到為什麼了。來，我們從走出房門開始，再來一遍。

　　　阿喵和妹妹各自退回房門口。

妹妹：嗨，妳好。

　　　阿喵一動也不動看著妹妹。

妹妹：嗨，妳好。

　　　阿喵做出一種貓的表情。

妹妹：喂，妳幹嘛？。

喵　：喵。

妹妹：這算什麼？

喵　：貓世界的招呼方式。

妹妹：那我怎麼看得懂？

喵　：我解釋了啊。

妹妹：喔。

喵　：妳心情感到比較愉快了嗎？

妹妹：並沒有。

喵　：為什麼？

妹妹：妳老做那種我看不懂的怪樣子！

喵　：哈囉。喵。一樣的意思。

妹妹：不一樣。

喵　：為什麼？

妹妹：我看不懂。

喵　：我解釋過了妳還不懂？

妹妹：我不習慣。

喵　：所以，妳所說的禮貌只是習慣而已嘛。妳喜歡看見每個人都露出白牙齒say
　　　hi，同時希望別人也回報妳牙齒say hi，hi Jahnny，hi John，hi Angella，如果
　　　不這樣妳就覺得不快樂；妳希望凡事按照妳預期的步驟發生。妳的禮貌跟內容
　　　無關，只是形式，我不知道妳為什麼這麼需要形式？形式能讓妳快樂嗎？

妹妹：（惱羞）不是！這全都是妳的理論……妳設計我！

喵　：我設計妳？剛剛誰叫我照著她的話做一遍的？

妹妹：阿妙，不管怎麼說，我比妳大三歲，妳還包尿布的時候我已經上幼稚園，妳上
　　　小學的時候我上國中，妳上國中時我上高中，妳念大學時我已經是社會人士；
　　　論年紀，論經驗，我都算是妳的大姊，請妳尊重我一點好嗎，難道我講的話一
　　　點兒道理都沒有嗎？

　喵　：沒有。而且我沒辦法把妳當我姐姐來看。

妹妹：為什麼？

　喵　：第一，妳又不是貓生的。第二，大家都叫妳妹妹。

妹妹：那是我的小名，很多女生的小名都叫妹妹啊！

　喵　：28歲叫妹妹，38歲還叫妹妹，到48歲、58歲、68歲，妳還是叫做妹妹……。

妹妹：對有些人來說，我永遠是妹妹啊！

　喵　：哪些人？

妹妹：我爸，我媽，我哥哥，我阿姨，我叔叔，我表哥，我堂姐，我同學，我老師，
　　　我同事，我老闆，我的朋友，我，我……。

　　　燈暗

04

妹妹日記一

（妹妹在自己的房間內，孤燈下，沉思寫日記。）

旁白：（各種人各種煽情的音調）妹妹妹妹妹妹妹妹妹妹妹妹妹妹妹妹妹妹妹妹妹
妹妹。

妹妹：我想過，妹妹並不是長不大的意思，妹妹代表一種柔弱、乖巧、可愛，惹人憐
惜的特質。誰不是妹妹，誰不想撒嬌，誰不想被保護照顧？從小女人到老女
人，哪個女人不想要被捧在手心，備受呵護寵愛？哪個男人不想在強大的領導
保護下，乖乖聽話，就一路順風？很乖的男孩，很乖的女孩，很乖的小貓咪，
很乖的總經理，很乖的總統。不管是誰，誰的內心都藏著一個溫柔、乖巧、善
解人意，惹人疼愛的，妹妹。

05

準時之愛一

妹妹坐在電話邊發呆，旁邊還有個洋娃娃。

妹妹望著牆上的鐘。

妹妹：九點五十九分五十秒。

五秒過去。

妹妹：五、四、三、二、一。

電話響。

旁白：妹妹，妳在等我？

妹妹：是。

旁白：有沒有想我？

妹妹：有。

旁白：我準時給妳打電話了。

妹妹：對耶，一秒都不差。

旁白：這證明我愛妳。

妹妹：我懂。

旁白：我現在不是很方便講電話。

妹妹：嗯。

旁白：我們明天見好嗎。

妹妹：好的，明天見。

旁白：再見。

妹妹：再見。

旁白：說我也愛你。

妹妹：我也愛你。

旁白：親我一下。

妹妹：啾。

　　　電話掛斷的聲音。

　　　妹妹抱起洋娃娃。

妹妹：妳很乖，很聽話，妳有乖乖等我，我愛妳，我好愛妳。

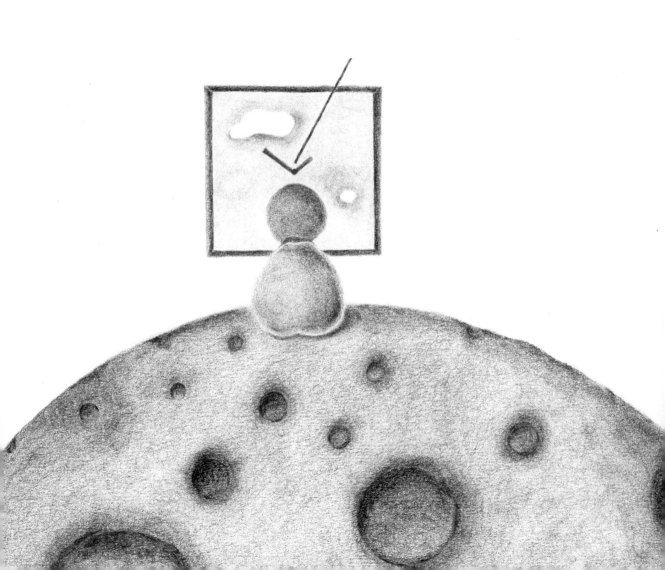

06

喵的日記一

喵在「畫」日記。

喵的日記是一幅樹狀圖,寫在床單或沙發罩或窗簾上面。

喵 :禮貌→→(因為)看得見→→(所以)重要。
　　　　└─→(如果)看不見→→(那就)不重要。
　　道德→(如果)看得見→→(那就)重要。
　　　└─→(如果)看不見→→(還是)重要。
　　有預期→→(結果發現)如同預期=瞭解→→(結果)高興
　　　　└─→(結果發現)不如預期=(代表)不瞭解→→(結果)不高興
　　沒預期→→(結果)發現→→(產生)驚奇
　　　　└─→(結果也)沒發現=沒有發生

喵 :要說出一個真實的答案,還是說出一個人家想聽的答案?
　　(繼續畫。)
　　才華→→被瞭解=被看見→→(等於)有才華。
　　　└─→不被瞭解=不被看見→→(等於)沒有才華?
　　　　　　　　　　└─→仍可能有才華→→等待被瞭解?

喵　：要創作自己喜歡的畫，還是創作別人喜歡的畫，比較重要？

　　　電鈴響。

　　　電鈴又響。

妹妹：來了！

　　　妹妹跑出來開門收件。

妹妹：妙，妳的包裹！

　　　喵立刻衝出來奪走。

喵　：給我！

　　　喵躲進房間拆包裹，裡面有厚厚的一疊畫和薄薄的一封信。

　　　喵先看信。

旁白：感謝您的投稿，由於與本刊旨趣不盡符合，不予錄用，萬分遺憾……。

喵　：屁！

　　　喵把信撕碎揉成一團，狠狠黏在她樹狀圖「＝沒有才華」的地方。

　　　想了一會兒，喵拿出水彩，把整個樹狀圖抹上色，成為另一幅圖畫。

喵　：我畫、我畫、我還是要畫。

　　　在微光中喵拼命地畫。

　　　沙，沙，沙。

　　　燈漸暗。

礼貌 → 看得見 → 重要

礼貌 → 看不見 → 不重要

道德 → 👁 / 〰 → 一樣重要

有才華 → 被瞭解 → 被看見 → 等於有

不被瞭解 ↓ 不被看見

有預期 → 如同預期 = 瞭解 ↓ 高興

有預期 → 不如預期 = 不瞭解 ↓ ☹

沒預期 → 後來瞭解 ↓ 不特別高興

沒預期 → 不瞭解 ↓ 沒有作用

不瞭解 ↓ 沒有作用

→ 等於有還是沒有？

重要的是，說出一項真實的答案，還是說出一个被預期的答案？

要創作一个精彩的故事，還是創作一个受歡迎的故事？

07

一隻貓需不需要愛情？

同第一場，喵睡在沙發靠背上端，這次沙發舖著已經完成的畫。窗簾也是畫。桌巾也是畫，地毯也是畫。

妹妹穿戴整齊，走出房間，準備上班。
看一眼沙發上的阿喵。

妹妹：我……我出門了。

阿喵翻個身，繼續睡。

妹妹：阿妙，雖然妳畫得很好，但是我覺得客廳的style還是應該一起商量的，不是嗎？……老實說我還是比較喜歡純白色……。

喵沒反應。
再見。
妹妹關上門。
喵翻個身，強迫自己再睡。
音樂起。
燈光變。

所有被喵著色的地方都浮動起來，彷彿風吹草動，鳥獸從樹叢中鑽出又迅速隱沒。

山頭上的貓醒了，和百獸一起共舞。

咕嚕咕嚕的巨響打斷一切。

音樂停。

燈光瞬間變回原樣。

喵還是臥在沙發頂上。

又一陣肚子咕嚕咕嚕叫的聲音。

喵　：嗚……。

肚子咕嚕咕嚕響。

喵　：貓不需要吃太多東西。

模仿貓舔毛的動作。

喵　：貓不買菜。

懶洋洋伸展筋骨。

喵　：貓不做飯。

貓動作。

喵　：貓不洗碗。

貓動作。

喵 　：貓做白日夢。

　　　貓動作。

喵 　：做白日夢又不花錢。

　　　貓動作。

喵 　：證明人類的生活是瞎忙。

　　　電話響。

喵 　：很吵。

　　　電話響。

喵 　：沒禮貌。

　　　電話響。

喵 　：無理取鬧，任性。

　　　電話響。

　　　喵接電話。

喵 　：喵嗚……。

　　　喵的聲音表情姿勢都瞬間改變。

喵 ：啊！阿狗，你啊，在幹嘛？那昨天呢？昨天你到哪去了？沒有啦，問問而已。嗯。嗯。嗯。那為什麼要關機？沒懷疑甚麼，問問。你該準備去片場了吧。需不需要幫忙？不需要？我沒事啊。真的。你加油，甘巴碟。其實，我，有點事。沒被錄取。就是上次雜誌社徵插畫……你忘了？你都在想些甚麼呢？昨晚。沒怎樣。如果我沒好好照顧自己的話你會來照顧我嗎？呵、開玩笑的、怎麼可能、我當然會好好照顧自己。我是隻貓耶。貓不需要人類。嗯。你偶爾還是可以想念我一下開玩笑的啦。

喵以正常人的姿勢坐在沙發上，痴痴發呆。
喵往沙邊的一端靠，彷彿另一端有人跟她對話。

喵 ：你昨晚在幹嘛呢？旺。

喵往另端靠，演無聲劇。
再坐回原處。

喵 ：你沒有騙人嗎？旺旺。

喵往另邊靠，演無聲劇。
再坐回原處。

喵 ：沒關係，我不束縛你。

喵往另邊靠，演無聲劇。
再坐回原處。

喵　：因為愛不是束縛。愛是自由。

　　　　喵往另邊靠，演無聲劇。
　　　　再坐回原處。

喵　：阿狗，你做你自己就好了，我就愛這樣的你。自由的你。

　　　　喵慢慢爬上沙發靠背，像隻貓。

喵　：自由的我。

　　　　翻身。

喵　：貓很獨立。

　　　　翻身。

喵　：貓很冷漠。

　　　　翻身。

喵　：貓不依賴任何人。

　　　　翻身。

喵　：貓不需要任何人。

　　　　回到第一場開頭的姿勢。
　　　　燈漸暗。

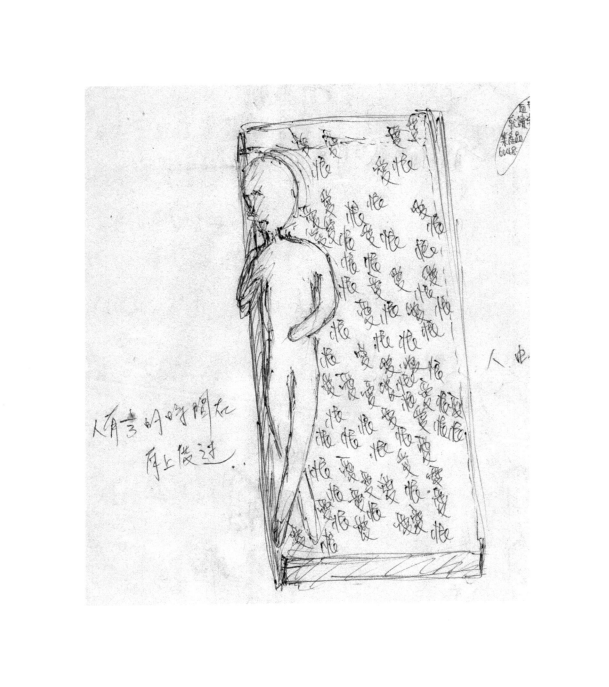

人有言的时间在
厚上慢过..

08

即興早餐

半夜，妹妹穿睡衣，惺忪走向冰箱。

差點兒絆跌一跤。

妹妹：哎喲！嚇死我了！什麼東西啊？

　　　冰箱前的東西開始蠕動。

妹妹：妙！妳幹嘛躺在冰箱前面？

　喵　：喵。

妹妹：妳為什麼在這裡？

　喵　：喵。

妹妹：妙，妳會著涼喔。

　喵　：喵。

妹妹：妳該不會整晚都睡在這裡吧？

　喵　：喵。

妹妹：要不要換地方睡覺？

　喵　：喵。

妹妹：為什麼不上床睡覺？妳房間有什麼問題嗎？……不然妳先睡沙發好了，但是起來後要把棉被收好。

　喵　：喵。

妹妹：妳是不是發燒啦？沒有。

　喵　：喵。

妹妹：不要睡在冰箱前面好不好？

　喵　：喵。

妹妹：要不要起來走走？

　喵　：喵。

妹妹：妳繼續在冰箱前說不定會觸電喔。

　喵　：喵。

妹妹：拜託，起來一下好不好？

　喵　：喵。

妹妹：一下下就好，好不好？

　喵　：喵。

妹妹：阿妙，妳在這我沒有辦法打開冰箱！

　　　喵立刻離開冰箱前面。
　　　妹妹打開冰箱，喵的臉出現在冰箱門打開的縫隙。
　　　妹妹打開上扇，喵出現在下扇。
　　　妹妹打開下扇，喵出現在上扇。
　　　妹妹兩扇門都關上。

喵不見了。

妹妹再度把冰箱門打開，伸出手。

喵的頭出現在冰箱裡面。

妹妹：哇！

妹妹趕緊把門關上。

妹妹趕緊再把冰箱門打開，喵不在裡面。

妹妹把門關上，喵站在冰箱旁邊。

喵整蜷縮進去冰箱裡面。

妹妹：哇！喵妳幹什麼？躲在冰箱裡幹甚麼？妳會冷死啦。

妹妹把喵拖出來。

喵　：冷凍，我。

妹妹：冷凍什麼？會死人的！

喵　：心也會死嗎？

妹妹：全身都會死啦……心死幹嘛？

喵不答。

妹妹：對甚麼心死？

喵　：喵。

妹妹：妙，告訴我，妳怎麼了？好不好。

喵　：喵。

妹妹：阿妙，妳又在拒絕溝通了喇！

　　　妹妹把喵拖到餐桌前。

妹妹：到這裡來坐下，好好跟我說話。拜託。

　　　喵不說。

妹妹：說話。

　喵　：喵。

妹妹：這是貓說yes的方式嗎？

　喵　：喵。

妹妹：這是貓說no的方式嗎？

　喵　：喵。

妹妹：妳到底什麼時候要跟我說人話？

　　　喵把頭放到餐桌上。

　　　妹妹站起來。

妹妹：好啦，不管妳，我現在要做早餐了。我做兩人份，我們一起吃。

　　　妹妹邊動作邊說話。

妹妹：最近啊我發現冰箱裡都沒有妳的東西耶，妳都去哪裡吃東西？我告訴妳，牛奶、雞蛋、冷凍水餃，是單身女子必備的三樣基本食品；就像襯衫、長褲、高跟鞋，是我們粉領族的基本必備款一樣。也很像：請、謝謝、對不起，是人跟人對話的基本單……，對不起，我說這些會不會有點無聊？

喵不做聲。

妹妹整理好餐桌後，拿出刀、鉆板、長棍麵包、番茄、小黃瓜、起司片等，放在桌上擺好。

妹妹：妳覺得無聊的事，通常也就是正常的事情。妳討厭廢話，可是廢話通常都是真理，包括常識也是。我認為，不管妳喜不喜歡，無聊的事每天都會發生。妳想想看喔，每天都會發生的事我們為什麼要輕視它呢？難道妳不覺得，把最普通的事情做得完美無瑕，也是非常了不起的嗎？這樣生活就像藝術一樣。喵，麵包要放在這邊。

妹妹把每樣東西都放得整整齊齊。

妹妹：鉆板放正，刀放右邊，麵包放左邊，盤子放上面，水果放這邊，這樣我才能開始做菜。我要開始先切小黃瓜了。（開始切）即使切小黃瓜這麼簡單的事，如果能把每塊都切得一樣大小，到最後一塊也沒有多餘或累贅，不也很棒嗎？

喵玩弄起番茄和起司。

妹妹：妙，不要玩弄食物，放回去……妳放錯位置了！

妹妹把番茄和起司擺回原位，又繼續切。

妹妹：切好一條小黃瓜或許沒有發明火箭或太空梭那麼偉大，可能也沒寫電腦程式那麼難，不過世界上有幾個人有機會發明火箭或太空梭呢？又有多少個人會寫電腦程式？我們大部分人，大部份的時間，不都花在做這些小事情上頭嗎？

喵把小黃瓜塊搭疊成一座骨牌。

妹妹：妙！放回去！

喵把小黃瓜骨牌推倒。

妹妹：這證明我切的小黃瓜塊都一樣大小。喵，不要再玩囉。

妹妹把小黃瓜拿去水龍頭沖乾淨，放回來。繼續切其他東西。

妹妹：像我啊，我才不管公司賺不賺錢、換甚麼人當老闆，我只負責把資料整理得漂漂亮亮，行事曆排得一目瞭然，每一個約會都在前一天確認，當天又確認一遍，每個細節都做得完美無缺。我有些同事啊，講起世界金融趨勢、企業經營方向、管理心理學啦，講得頭頭是道，可是呢連一份文件都釘不好。妳知道怎樣釘文件嗎？正面釘一次，反面釘一次，兩邊釘書針在同一條線上，平行，這樣翻起來才平整，也不容易脫落。連份文件都釘不好，還很粗魯地說：隨便啦！這種人最討厭！

桌子另一邊傳出咄咄剁的聲音。原來喵用麵包刀切起長棍麵包來了。

妹妹：妙！妳在幹麼？妳噴出一堆麵包粉了啦！

但喵覺得麵包粉四濺很好玩。
妹妹跑去搶救切一半的麵包。
喵又去切妹妹切一半的番茄。
妹妹跑回去搶救番茄。

喵把妹妹剛放下的麵包重切。

兩人如此競賽，剁聲有如打擊樂。

直到食物方塊堆滿餐桌。

妹妹：停！妙，刀給我！

妹妹把刀洗乾淨收起來。

喵把食塊堆成方城。

妹妹：我的天啊！

喵　：東南西北風，妳坐哪裡？

妹妹：我不要玩！

但妹妹坐下來。

喵　：我三條。

妹妹：我五餅。

喵　：自摸。

妹妹：碰。

喵　：妳放槍。

妹妹：不，是妳放槍。

喵搶先把放槍那枚抓過來吞吃入肚。

妹妹：喂妳！

喵　：這本來就是食物。

妹妹：妳怎麼這樣？

　　　妹妹也把喵的「牌」吃掉。

　　　兩人一面搶吃一面打牌。

　　　妹妹覺噁心，哇啦一口把食物都嘔吐出來。

妹妹：嘔……咳……。

　　　喵拿紙巾。

妹妹：嗚……嗚……嗚……。

　喵　：妹妹，不要哭啦，我這些都給妳。

妹妹：不要啦。

　喵　：我洗乾淨、排整齊再還給妳。

妹妹：我不要啦，全都亂了啦！全都亂了怎麼辦啊？

　　　燈暗。

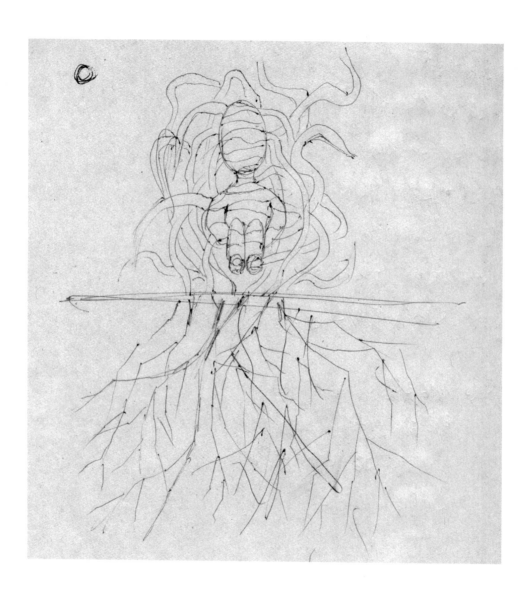

09

準時之愛二

妹妹坐在電話邊發呆，旁邊還有個洋娃娃。

妹妹望著牆上的鐘。

妹妹：九點五十九分五十秒。

五秒後。

妹妹：五、四、三、二、一。

電話響。

旁白：妹妹，妳在等我？

妹妹：嗯。

旁白：有沒有想我？

妹妹：有啊。

旁白：我準時給妳打電話了。

妹妹：對，一秒都不差耶。

旁白：我愛妳。

妹妹：我知道。

旁白：我今天先講到這裡。

妹妹：好。

旁白：明天見。

妹妹：好，明天見。

旁白：再見。

妹妹：再見。

旁白：說我也愛你。

妹妹：我也愛你。

旁白：親我一下。

妹妹：啾。

　　　電話掛斷的聲音。

　　　妹妹抱起洋娃娃。

妹妹：妳很乖，很聽話，我很愛妳，好愛妳。如果我去上班不能陪妳，妳要相信，我還是愛妳。如果我去吃飯把妳放在房間裡，妳要相信，我還是愛妳。如果我買了其他的新玩具，妳要相信，我還是愛妳。

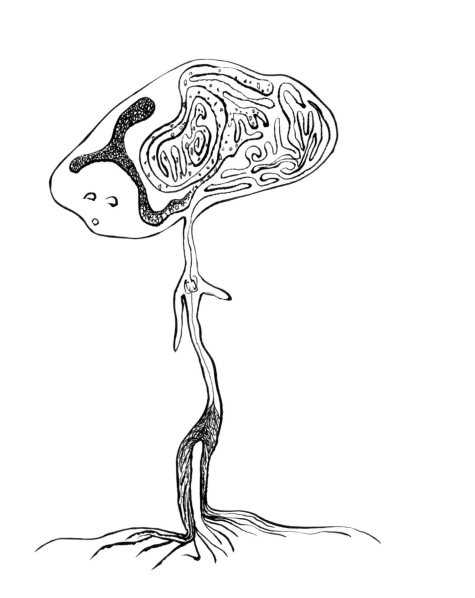

10

貓也怕心痛？

門粗暴地被打開。

喵衝進來，對著門外大吼。

喵：我恨你！我恨透你了！我一點兒都不愛你！我恨你！

門外有年輕男子的聲音。

狗：妳不要激動，有話好好說。

喵：我沒有甚麼可以跟你說的！我不要再聽你說謊。

狗：我沒有說謊，是妳自己偷看我的手機簡訊。

喵：你沒虧心事幹嘛怕我看！

狗：手機簡訊和提款卡密碼一樣，都是一個人的隱私，任何人都沒權利看的，就算是女朋友。

喵：女朋友！你到底有幾個女朋友？

狗：就妳一個！

喵：屁！

狗：妳？

喵：你發誓你沒騙我？

狗 ：沒騙妳。

喵 ：那蕊娜呢？珍妮呢？

狗 ：妳現在太激動了，我不能回答妳。

喵 ：你#%^$^%%&&（*_）（_）_！

狗 ：噓！安靜點！這是公共樓梯間耶……。

喵 ：你又不住在這裡你擔心甚麼！

狗 ：我是在替妳擔心……。

喵 ：心？我已經沒有心了啦，我的心，給狗咬了、吃了、嚼了、爛了、不還給我
　　了，我沒有心了！我是個空心的人了！

　　嚎啕大哭。

狗 ：噗哧，沒有心，妳怎麼還哭成這樣？

喵 ：我沒有心，我不會哭，我不掉淚。

　　停止哭。

狗 ：這才上道。

喵 ：對，我很上道，所以你不用怕我激動，不用怕我生氣。現在你可以老實跟我講
　　了，你到底有沒有……？

狗 ：如果我跟妳說沒有，妳會相信嗎？

喵 ：你說甚麼我就信甚麼，……不，你不要講出來。我不想再聽你說謊。

狗 ：喵！

喵　：對，你是自由的。我也是自由的。你過你的，我過我的。你玩你的。我玩我的。

狗　：喵！

喵　：再見。

　　　喵狠狠摔上門。

　　　轉身她看見閃避不及的妹妹。

妹妹：啊，喵，我剛剛才睡醒，發生甚麼事？

　　　喵不答。

妹妹：好像是鄰居在講話，講得滿大聲的樣子……。

喵　：我和我男朋友在吵架，妳應該聽得很清楚吧？

妹妹：我沒有。

喵　：為什麼妳也是這種人？

妹妹：哪種人？

喵　：隨口就能說謊的人。

妹妹：我、我也不想說謊，沒有人喜歡說謊。

喵　：說謊的人說法都一樣。

妹妹：喵，有一種謊言叫白色謊言，那是沒有惡意的謊言。

喵　：妳常說這種白謊話？

妹妹：這不叫謊話，是為了避免人家難堪、尷尬，不得不，有所修飾的說法。

喵　：那我怎麼知道妳現在說的是真話還假話？

妹妹：絕大部分，我都說真話。

喵　：妳有沒有男朋友？

妹妹：這，不關妳的事，不要把問題扯到我頭上來。

　　　妹妹快快走到沙發坐下，拿本書看。

　　　妹妹發現書拿反了。

喵　：妳想，阿狗他快樂嗎？

妹妹：阿狗？喔，妳男朋友叫阿狗。

喵　：我想他是快樂的，他和我在一起時，他是快樂的；他不和我在一起時，他也是
　　　快樂的，是不是這就夠了？愛一個人不就是希望他快樂嗎？可是，為什麼我變
　　　得這麼不快樂呢？

妹妹：阿妙，妳希望妳男朋友快樂，那妳男朋友呢？他對妳的快樂應該也有責任吧。

喵　：可是如果我快樂了，他就變得不快樂了呢？從我一開始認識他，他就是這樣，
　　　他說過他一匹狼，荒野中流浪的一匹狼，不屬於任何人，也不需要被擁有，他
　　　只屬於他自己。

妹妹：那妳幹嘛和狼談戀愛？妳應該找個人嘛。

喵　：可是我好喜歡阿狗！阿狗就是阿狗的樣子啊，我想用適合阿狗的方式愛阿狗。

妹妹：如果是我，我就要人家用適合我的方式愛我，用適合妹妹的方式愛妹妹。

喵　：愛又不是交易。

妹妹：我愛你，所以你也要愛我，這本來就是一種交易關係。

喵　：胡說八道！

打開冰箱。喵從拿出冰塊，倒進沙拉盆裡，一頭埋進去：沙拉！
　　妹妹聽到響聲連忙回頭，大吃一驚。

妹妹：喵！妳幹嘛？

　　妹妹跑向廚房。

妹妹：妳會失溫而死的？喂！喂！喵？妳聽得到我說話嗎？

　　妹妹把喵耳朵裡的冰塊給挖出來。

　　喵？

　　喵的臉從冰塊中刷啦一聲抬起來，碎冰沿著淚痕黏滿臉頰。

　喵　：好痛。

妹妹：等等、妳等我一下。

　　妹妹找出紙巾來幫喵把冰塊屑從臉上小心揭去。

妹妹：來，先躺下。不痛不痛。

　　喵把冰盆放在自己心臟的位置冰鎮。

　喵　：（喃喃）不痛不痛。

妹妹：別鬧了！

　　妹妹一氣把冰盆搶過來摔開：嘩啦，摔滿一地。

妹妹：對⋯⋯對不起。

妹妹連忙收拾、請理、擦乾。

喵 ：妹妹，愛不是交易。

妹妹：好，不是交易。

喵 ：愛沒有交換條件。

妹妹：沒有交換條件。

喵 ：愛就是愛。

妹妹：這樣愛了要幹嘛？

喵 ：我不知道，我就是不知道。

喵趴在地上舔冰塊。

妹妹：別舔掉在地上的冰塊啦，很髒啊！

喵不理會逕自舔著冰塊，動作像貓。

妹妹蹲下來摸著喵的背，像撫摸一隻貓。

妹妹：妳不是一隻貓嗎？貓怎麼會這麼怕痛？人才會怕心痛啊。

喵 ：喵。

燈漸暗。

暗中傳來各種真的貓叫聲接到下一場。

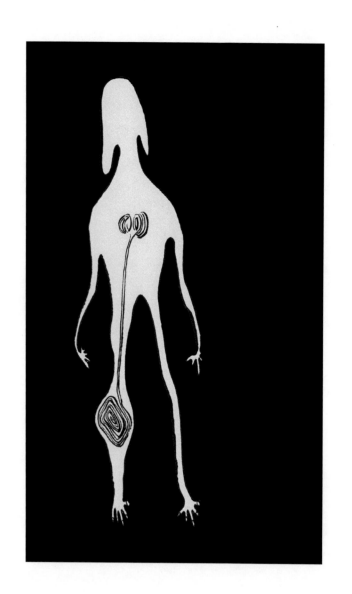

11

瞬間靈感與理性之愛

妹妹打開房門，被眼前景象嚇到。

幾乎所有的東西都罩上玻璃紙。

喵也穿上一層玻璃紙，她一動就沙沙做響。她正在玻璃紙上噴冰屑，做出冰封的感覺。

妹妹：喵！妳在幹麼？

喵　：冷靜、結冰、酷。

妹妹：我的天啊！

妹妹坐在沙沙做響的沙發上，彈起身。

妹妹看見桌上有幾個杯盤，也都裹上玻璃紙了，上面放著紫色的橘子。

妹妹：哇，這是甚麼？

喵　：紫色的橘子。妳放心，是食用色素，沒毒的。

妹妹：妳昨晚上色的？

喵　：對啊，妳不覺得橘色的橘子看得很膩？

喵剝開橘子。

妹妹：這杯子怎麼用？

喵　：妳要喝牛奶嗎？來，我倒給妳。

　　　喵從冰箱拿出牛奶倒進玻璃紙包裹的玻璃杯裡面。

妹妹：哇！妳……妳拿出那是甚麼東西？

喵　：牛奶啊？淺綠色的牛奶，很酷吧？

妹妹：我不要。

喵　：突破一下心理慣性，喝喝看？

妹妹：不要。

喵　：喝喝看嘛？

妹妹：不要。這是我買的牛奶？

喵　：對啊，妳不喝我幫妳喝掉喔。

妹妹：隨便妳！

喵　：嗯，味道還是很棒！

妹妹：妙，我跟妳說，我很佩服妳是創意工作者，我很欣賞妳，真的，不過妳的創意
　　　可不可以……嗯，可不可以，小規模的使用，譬如說只在妳的自己房間裡，譬
　　　如說在不破壞整體的情況下……。

喵　：我沒有破壞。

妹妹：可是、可是妳完全改變了它們的樣子。

喵　：不好看嗎？

妹妹：不是不好看，而是，太突然，不，也不是太突然，而是、是，我不習慣。不
　　　對，重點在於，這也是我的居住生活空間，妳在做任何改變之前，不是應該先
　　　徵詢我的意見嗎？

喵　：我也很想徵詢妳的意見，只是我的創作靈感來得很猛很急，不趕快做怕就會溜了呀。

妹妹：那，那是妳的事。這裡、這裡，和那裡，是妳的也是我的生活空間，我也有我的自主權，妳不可以隨便創作我的生活。還有呢，杯子和盤子不應該放這裡，為什麼妳東西用到哪裡，不能物歸原位呢？

喵　：原位？原位都是妳在規定。

妹妹：妳知道我花了多少時間思考每件東西應該在的位置嗎？

喵　：我的靈感就不重要了嗎？

　　　妹妹把杯盤收到廚房，但猶豫要不要撕開玻璃紙。

妹妹：請問我現在可不可以破壞妳的，靈感？

喵　：妹妹妳為什麼不喜歡？妳不是很愛乾淨嗎？讓每件東西都包上一層膜，它們可以保持一塵不染，不是嗎？

　　　喵用玻璃紙手套去摸玻璃紙沙發。

　　　妳看，膜和膜接觸的聲音。這觸覺。妳包在妳的膜裡，我包在我的膜裡。

妹妹：感覺很不真實。

喵　：這很符合妳的風格。

妹妹：為什麼是我的風格？妙麗，我無意批評妳的作品，但我並不想我的生活有任何改變！

喵：妳為什麼不喜歡改變？

妹妹：因為我喜歡事情它原本的樣子啊。我永遠站在這個位置打開冰箱的門，這就是一種我愛冰箱的方式。我關上冰箱門的時候用紙巾擦手，這也是一種我愛它們的方式。我讓碗和盤子成一直線排好，這是我愛碗盤的一種表現。我會在七點五十分以前把這些都收拾好，這就是我對時間表達愛意的一種方式。妳看起來我一成不變，並不表示我這個人沒有感覺啊。我喜歡它們的方式和妳的方式不一樣，我和我的生活之間有一種理性的愛，妳是無法明白的。而妳現在，破壞了這種美感！……妙……妙？

喵在把玻璃紙撕下來，裹在自己身上。

喵　：唉，做人真累。

妹妹：……對不起，我應該回房寫日記的。我不是那種會批評人的人……妙？算了，反正妳也沒在聽。

喵睡在沙發上不動，如同第一場。

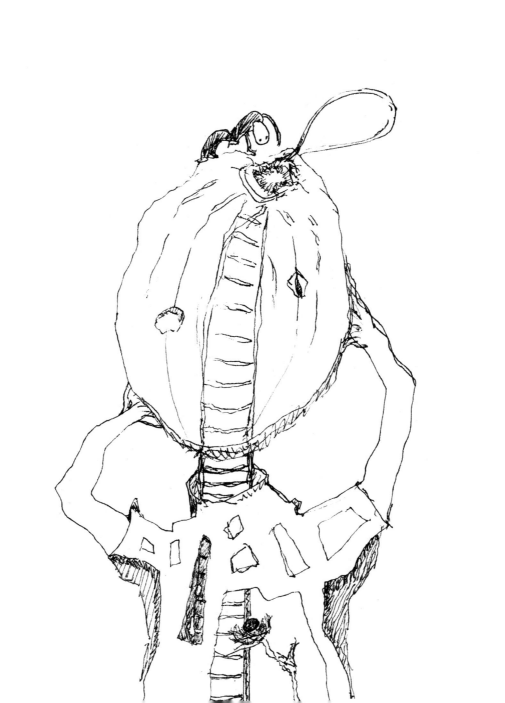

妹妹日記二

古典音樂在妹妹的房間響起。

妹妹在房間寫跳小步舞曲。

妹妹：小小的規矩，小小的美，豐富的生活，收集小小的美。同時間見面，是一種美；總是說不一定，是一種美；準時打電話，是一種美；準時想念你，是一種美。禮拜一戴黃色的領帶，代表你久違的想念。雪白襯衫，代表我清新的心。高檔的西餐廳，代表我珍重妳。水瓶座加天秤座，完美的搭檔。Espresso配手工冰淇淋，甜點的品味。紅酒搭紅肉，白酒襯龍蝦。收到留言一定要回電。當句子長短一致，就像一首詩。控制也是一種美。上帝給予世界秩序，秩序是一種美。

貓越過……

水聲進。

波影瀲瀲，房子彷彿在水之下。

喵蜷縮不管。

水慢慢消退。

巨大的貓腿影從天花板移下來。

貓腿影子從左舞台出現，慢慢橫越整個公寓，從右舞台走出去。

喵翻身，再睡。

13

工作來了

黑暗中電話在響。

公寓微亮。

電話接起來。

喵　：喵……嗚……。

安靜。

旁白：喂？請問這裡有位林妙麗小姐嗎？

喵　：啊！我就是。

旁白：妳好，我是端端出版社編輯，我姓王，上次您寄到我們公司的作品雖然沒有被錄用，但是裡面有些創意我們很欣賞，所以請問您願意幫我們畫另外一個籌備中的單元嗎？

喵　：喵嗚……。

旁白：喂？

喵　：我是說，好……剛剛是我的貓在叫。

掛電話。

喵……！喵……！喵……！

有時候我會

跟著線條走．．．．走啊走．．．．

然後畫畫寫了起來

也不知道為什麼是這樣圖、這樣的字．．．
有時候很開心，有時候不
有時候不知道為什麼、大部分的時候都
不知道為什麼．．．

14

母親與自我監視系統

妹妹下班回家。

妹妹：我回來了。

　　喵正在講電話，用客家話，聊得很熱烈。

喵　：$^^%%&^*&（*）（_（_）+$^%&^&（*）*（_）)+）##$^^*^&（*&）。

　　妹妹如同平時回家的習慣，穿拖鞋，放東西，進房更衣，到廚房洗手，準備做晚飯。

喵　：再見，掰掰。（掛電話。）

妹妹：跟誰講電話講得這麼開心？

喵　：妳媽。

妹妹：什麼？

　　妹妹從廚房跑出來。

妹妹：妳剛剛跟誰講電話？

喵　：妳媽。

妹妹：妳為什麼不讓我聽？

喵　：她打來的時候妳還沒回來嘛，所以我很有禮貌地問候倪媽媽，倪媽媽很開心地
　　　跟我說話，還覺得我親切有禮又可愛喲，最後我有問她有沒有什麼要跟妳說
　　　的，她很開心說不用了。

妹妹：妳們了聊多久？

喵　：大概有五十分鐘吧，不過是她打過來的，妳不必擔心電話費。

妹妹：五十分鐘？

　　　我跟我媽講話從來不超過五分鐘。

喵　：咦？怎麼會？妳媽很會聊天耶，我嗯嗯啊啊她都可以把話接下去，一直講。

妹妹：我媽說什麼？

喵　：很多啊，就說妳小時候的事情啊，說妳在學校時的事情，說妳在家裡的事情，
　　　生活上的習慣啦甚麼的，妳老師怎麼怎麼講妳，妳第一次月經來的時候，還有
　　　小時候在百貨公司走丟過……總之想到甚麼說甚麼吧。噢，也有聊到妳的家
　　　人，其中講妳爸爸得最多。總之，我想她是想關心妳。

妹妹：我的媽啊。

喵　：妳媽還問我妳有沒有男朋友。

妹妹：妳怎回答？

喵　：我說我不知道。

妹妹：嗯。

喵　：不對嗎？

妹妹：對，很對。……那妳覺得呢？

喵　：覺得？妳叫我猜？

妹妹：那如果是我媽叫妳猜呢？

　喵　：我會說妳每天早上八點半出門上班，禮拜一、三、五在外面吃飯，只有禮拜二
　　　　和禮拜四會帶微波食品回家……。

妹妹：一三五我公司都加班！

　　　　喵聳聳肩。

妹妹：所以妳從沒猜過……猜過……我有沒有男朋友？

　喵　：如果妳一定要我分析的話，每天晚上十點整，都有一通電話是找妳的，如果不
　　　　是男朋友的話，未免殷勤；但如果是男朋友的話，不是放假時都應該約會一起
　　　　出去玩幹嘛的嗎，可是每個禮拜六和禮拜天，妳都待在家裡……。

妹妹：所以妳覺得……。

　喵　：答案妳自己知道。

妹妹：我是想知道看起來像有，還是沒有。

　喵　：看起來？看起來怎樣很重要嗎？沒事的話，我要回去畫我的完稿了。

　　　　喵走回自己的房間去。

　　　　妹妹留在原位一動也不動。

妹妹：看起來怎樣很重要嗎？

旁白：妹妹，嘴巴閉上，發甚麼呆，難看死了。

　　　　妹妹緊張起來。

旁白：妹妹，膝蓋併攏，女孩子家坐有坐相。

妹妹坐端正。

微波爐發出時間到的聲音。

妹妹站起身。

旁白：椅子、椅子小心，不要推倒了。

妹妹跑向廚房。

旁白：在家裡不要用跑的，乒乒砰砰吵死人！

妹妹放慢腳步，戴上手套，打開微波爐，拿出咖哩飯，放在托盤上，擺好餐具
端出來。

旁白：放筷子前先把餐桌擦乾淨。

妹妹把托盤端回去，先擦一遍桌子，再把托盤端來，擺放整齊。

旁白：這種東西怎麼能吃啊？妳這樣怎嫁人？

妹妹坐下來吃晚飯，低著頭，感覺母親就坐她旁邊。

深呼吸，開始吃飯。

旁白：妳的衣領是不是有點皺？有沒在燙衣服？

妹妹停下筷子。

旁白：不要拿筷子指別人，真難看！

妹妹：住嘴！住嘴！妳嘮叨夠了沒有？我哪一樣妳看得順眼的？

　　　停頓。

　　　喵探出頭，看見餐桌上只有妹妹一個人。

　喵　：妹妹妳怎麼了？

妹妹：沒甚麼。

　　　妹妹嘆一口氣，撿起筷子，擦乾淨，繼續吃飯。

旁白：女孩子有必要講話這麼暴躁嗎？

　　　妹妹棄筷掩面。

15

喵的自我監視系統

喵房間的電腦螢幕亮起來。

收e-mail的警示訊號響。

喵起身收信。

喵　：已收到您寄來的修正稿，但總編輯有以下意見……什麼？還要再修正？

喵扭開燈。

企劃一個意見、責任編輯一個意見、總編輯又一個意見，然後是社長的意見，現在回頭美編有意見，同一家公司，不能一次把所有意見匯集好再跟我講嗎？我就一遍又一遍聽話地修改和重畫，到底要我改幾百遍？

起床翻出她的一疊畫稿。

喵　：這一張真的比那一張好嗎？這一張又比前一張好嗎？我實在不覺得啊，到底標準在哪裡啊。

手機響。

喵　：喂，王小姐，信收到了啦，ㄟ，這是不是最後一次修改啊？（拿開手機）林妙麗，妳是個新人，怎麼可以這樣子講話？（湊近手機）編輯您好，還有什麼要

改的您請說。……不是這一批？上一批？上一批！上一批不是確定通過了嗎為什麼還要改？（把手機丟開）喂林妙麗，妳剛剛是什麼口氣啊，節制點！（撿起手機）這次還有甚麼要改的，您請講！沒、我剛剛只是摔了一跤而已……。其實我參考過妳們之前刊的作品，我覺得這樣應該沒甚麼問題。（拿開手機）他們那種程度都能登！為什麼我不能登！沒天良！惡魔！（對著手機）改什麼改？不用改了啦，老娘就是這副德行，愛要不要隨便妳，我不畫又不是會死！啊！（丟掉手機，發現自己弄錯了，撿回手機）剛才那不是我的聲音（摔掉手機）妳在幹嘛？沒才能又沒有交際手腕？妳完了！這世界沒有妳立足之地啦！嗚……嗚……嗚……嗚……。

悄悄地，電腦螢幕亮了，有個「喵」正在監看電腦外的的喵。

喵 ：（在電腦螢幕上）妳哭什麼哭？這又不是世界末日，人家只是叫妳修改而已嘛，連這點小小挫折都受不了，妳知道就連世紀天才米開朗基羅也被教皇要求修改過圖畫啊！妳真是沒見過世面！

電腦螢幕暗，喵拿回電話。

喵 ：喂？王小姐，妳還在線上嗎？我？我沒事，我好得很，我大概算是喜極而泣吧，哈哈，哈哈哈哈，哈哈哈哈哈哈哈哈哈哈哈哈哈，笑什麼喔？米開朗基羅之笑啊！米開朗基羅的名字裡不是「開朗」兩字嗎？就是要開朗的笑啊！哈哈哈哈哈哈哈！

電腦螢幕亮，小小「喵」又出現。

喵　：（在電腦螢幕上）羞羞羞，被要求修稿還狂笑，真是不要臉。才氣平平，性格又不好，怪不得失業半年，房租還要家裡人墊。

喵　：嗚……嗚……嗚……嗚……嗚……嗚……嗚……，我就是不要臉嘛，我就是怪胎，妳不要理我啦。

螢幕暗。

（**猛抬頭**）啊？王小姐，妳還在線上，對不起，我剛剛突然很想哭，哭完就沒事了。沒、沒甚麼傷心事，只是嗆到而已。

電腦螢幕亮，小小「喵」再出現，在螢幕裡嚎啕大哭。

妳幹嘛又哭又笑的啊，像個傻瓜，哈哈哈哈哈哈哈哈哈哈哈哈哈哈哈。

電腦螢幕裡的小小「喵」也笑了。

喵　：（在電腦螢幕上）看妳那樣子真的很滑稽耶。

喵　：對啊，哈哈哈哈哈哈哈哈哈哈哈哈哈哈。

喵　：（在電腦螢幕上）想當初妳辭掉工作，想要專心畫畫，以為自己可以畫出什麼名堂，結果呢？一切又從頭開始，妳永遠做個新人好了，進入無盡的修改地獄吧。我到底在幹甚麼？

喵　：對啊，我到底是所為何來？嗚……嗚……嗚……嗚……嗚……嗚……嗚……嗚……。對不起，王小姐，我真是遜斃了，好不容易妳們才錄用我，現在又被我搞砸了，妳們應該永遠不敢碰我了吧？嗚……嗚……嗚……嗚……嗚……嗚……嗚……嗚……。

電腦螢幕亮，小小「喵」著急地跳腳。

喵　：嗯？啊！（拿起手機）嗯，王小姐，妳還沒掛電話啊？希望我再繼續畫？謝謝
　　　妳，不，我不要緊，妳不用同情我，真的？謝謝妳，妳真是百年難得一見的好
　　　人，我愛妳。哈哈哈哈哈。嗚……嗚……嗚……嗚……嗚……。

電腦螢幕亮，小小「喵」再出現。

喵　：（在電腦螢幕上）妳在哭還是在笑啊？
喵　：我也不知道。

電腦螢幕裡面的小小「喵」搖搖頭離開了。

嗚……嗚……嗚……嗚……嗚……，

嗚……嗚……嗚……嗚……嗚……嗚……嗚……嗚……。

她不知道自己為何而哭。

（燈暗）

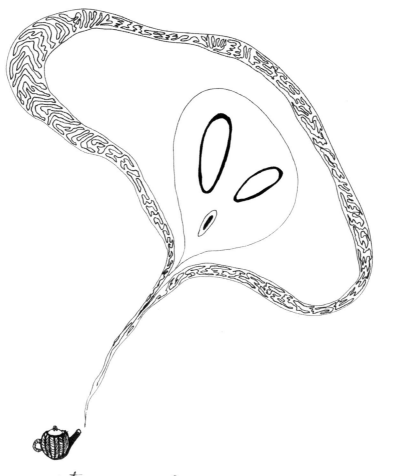

cat. 2002. 10. 29.

16

茶杯即興曲

妹妹下班回來。

喵　：嗨，回來啦？

妹妹：對，我回來了。

妹妹感到錯愕。

喵在輕哼著歌。

妹妹：妳在廚房？

喵　：對啊！

妹妹：幹嘛？

喵　：做菜啊，我是一個完美女人——至少快要成為完美女人——那有完美女人做不到的事情呢？提拉米蘇和印度拉茶，妹妹，請問妳要來一杯茶嗎？

妹妹：是不是發生了什麼事啊？

喵　：拉茶，接住。

妹妹：真有兩下子。

妹妹接住茶杯，正要喝。

喵　：等一下。

　　　妹妹凝固拿茶杯的姿勢。

　　　喵找另外一個角度或位置和姿勢，重新接過茶杯，獻給妹妹。

妹妹：哇！受寵若驚耶！（接過茶杯。）停，別動。

　　　喵凝固拿茶杯的姿勢。

　　　妹妹找另外一個角度或位置和姿勢，重新接過茶杯。

喵　：停，換我。

　　　如此這般，兩人輪流改變姿勢，也改變著關係模式。

　　　直到又回到對等模式。

喵　：請喝茶。

妹妹：謝謝。

喵　：好喝嗎？

妹妹：好喝……只是茶都涼了，變成印度涼茶了。

喵　：不錯嘛，原來妳也有幽默感。

　　　妹妹正色，又恢復正襟危坐的姿態。

妹妹：喵……妳怎麼變得這麼不一樣？

喵　：其實，是有件事發生了。

妹妹：妳的畫得獎了？

喵　：比這個還好，我男朋友，就是阿狗啦，他，他昨天跟我說，他不希望在想我的時候看不到我，也不想每天說完再見卻又馬上想見到我……他終於跟我有了相同的心情。

妹妹：所以你們是決定要結婚還分手？

喵　：都不是。我們決定住在一起。

妹妹：這樣啊……阿妙，妳不要說，妳要讓他住在這裡吧。

　　　安靜。

　　　妹妹倏然站起來，收拾茶杯到後面水槽洗碗、洗抹布、擦洗手臺、晾抹布。

喵　：妹妹，阿狗大部分時間都待在我房間裡，他白天睡覺，晚上上班，生活作息跟妳完全相反，你們根本不會碰到面。而且他的東西都放在我房間裡，絕不會讓妳看到男人的東西，可能除了牙刷、刮鬍刀……，不，連這兩樣也看不到！我叫他通通放在我房裡。

　　　妹妹繼續做家事不理她。

　　　再說，他也可以分擔房租啊，除以三以後，妳也可以少付一點兒。

妹妹：不行。這是原則問題。這間公寓裡面的事情，妳不可以一個人就決定！

喵　：妹妹，我承認是我不對，可是阿狗都這樣說了，我怎麼能拒絕他呀，他可不是一個容易定下來的人，萬一我遲疑害他反悔怎麼辦？那一剎那間，我好感動啊，我發現原來這就是我心底一直想要的……。

妹妹：和男人同居？

喵　：我說的是信任。我總覺得阿狗喜歡孤獨，勝過親密關係；必須保持距離，好讓他可以呼吸。以前我不斷在說服自己，我可以的，我可以做這種的人的女朋友，但是，但是，原來阿狗也是會變的。我想他終於也受不了猜疑，也想要擁抱親密關係了吧，我們兩個人之間將要完全沒有秘密了，妳說，我怎麼抗拒得了？這真是比天山雪蓮開花還要難得呀！

妹妹：妙，妳平常很酷的啊，這時候怎麼軟得跟綿一樣？

喵　：唉，這就是我的罩門嘛。

妹妹：不行，我不同意。

喵　：……不然就一個月好不好？一個月先試試看？

妹妹：我一天都受不了。妳又不是不知道我這個人有潔癖。

喵　：我負責客廳和餐廳，阿狗掃廁所和廚房。

妹妹：不只衛生問題。

喵　：我不准他到曬衣陽台。

妹妹：不只隱私的問題。

喵　：阿狗他人很好，雖然不是很細心，但是對女生很有禮貌。

妹妹：跟他是誰沒有關。

喵　：他可以幫我們修水電！

妹妹：妳也會修水電。

喵　：他可以幫妳打蟑螂！

妹妹：我不怕蟑螂。

喵　：他還可以幫妳拿冰箱上面很難拿到的東西。

妹妹：我加把椅子就拿得到了。

　喵 ：他幫妳擋上門來騷擾的推銷員或者小偷……。

妹妹：妳不是說他生活作息跟我完全相反？

　　　　安靜。

　喵 ：好吧，我承認我的男人對妳沒有任何用處。

妹妹：妳這話什麼意思？

　喵 ：甚麼甚麼意思？

妹妹：妳以為我只喜歡有用處的男人？

　喵 ：我沒。

妹妹：妳以為我很會利用男人？

　喵 ：我沒。

妹妹：就算有，也是他們自願的，跟我毫無關係！

　　　　喵睜大眼睛看著妹妹。

　　　　妹妹佯裝找東西。

　喵 ：妳還要喝茶嗎？我再倒。

妹妹：對不起，我該回房間寫日記了。

　　　　喵端杯子的姿勢凝固在空中。

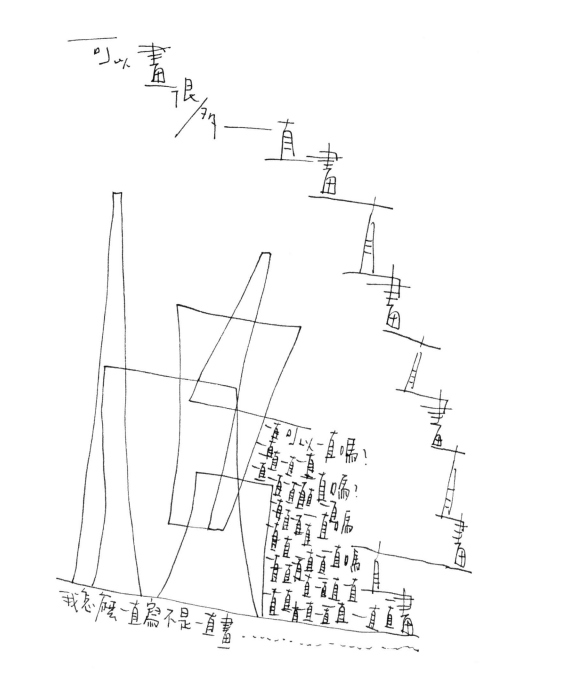

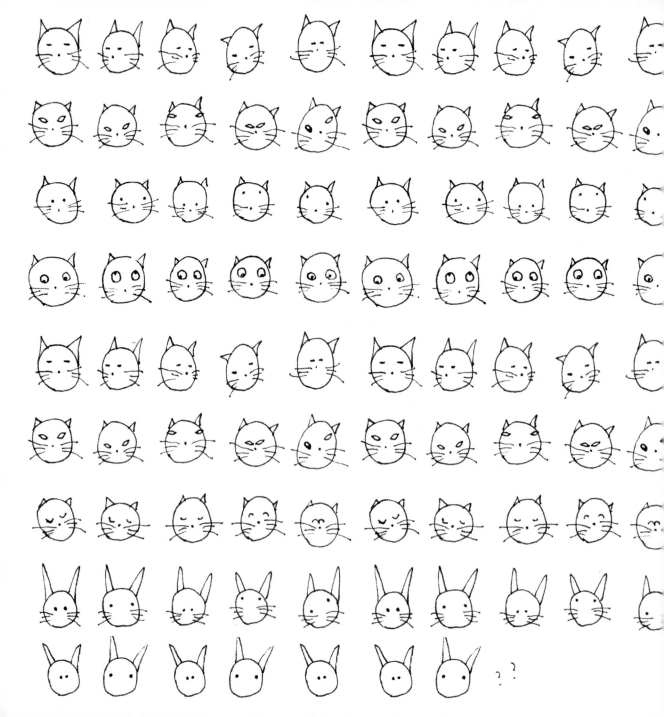

17

妹妹日記三

房中播放古典音樂。

妹妹：今天我加薪了，但是，同事看我的眼神怪怪的，是我想太多了嗎？總經理說別理會庸才的忌妒，像我這麼乖巧的女孩，被提拔是應該的。

是啊，我真的很努力。

可是他們都說，因為我長得正。

妹妹這個我幫妳，妹妹我教妳，妹妹今天晚上跟我一起加班，妹妹陪我去吃宵夜，妹妹妳真美。

都不是我主動的啊。

我不知道該不該拒絕。

電話響。

妹妹接。

妹妹：喂？嗯。嗯。對。對。好的。是的。我懂。好我會。

妹妹回到日記本上。

妹妹：我從來不是出題的人，我只負責答題，yes or no，僅僅這樣，我都已經覺得很累很累。難道世界上沒有一個地方，沒有男人或女人的問題，沒有狩獵者和獵

物的問題，沒有控制者和被控制者的問題。我只想要一點小小的安寧。為什麼？為什麼還要有男人搬進我的家？

燈暗。

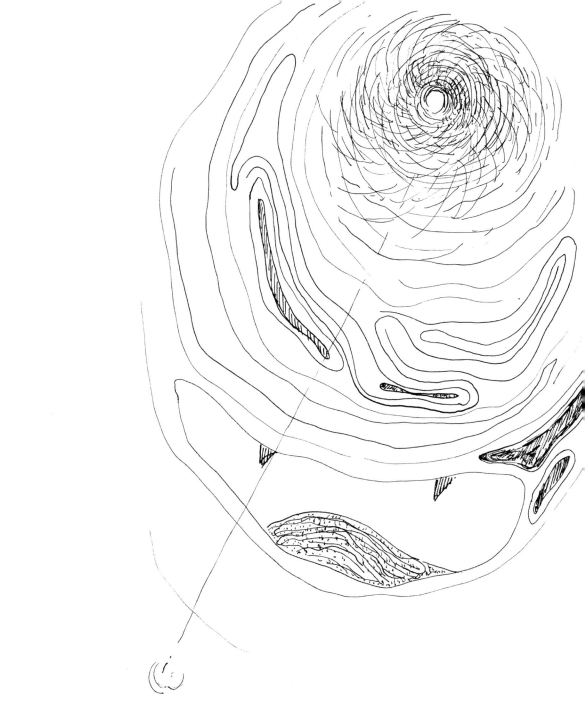

18

三角關係

阿狗從背後環抱著喵在沙發邊,一起看電視。

邊看邊打鬧調笑以致於沙發都翻了過去。

在沙發後面繼續嬉戲。

門打開,妹妹下班回來。

沙發後面這對情侶趕快鬆開身體站起來,放正沙發。

妹妹眼睛盯視正前方。

喵　：啊?回來啦?

妹妹視如不見,按照平時的生活動線,先把買來的東西放在餐桌上,走回房間。

阿喵做鬼臉。

狗阻止她。

妹妹走出房間,走向廚房,整理買回來的東西和做晚飯。

妹妹：開罐器呢?

狗　：在這裡。

妹妹：開罐器呢?

喵　：（醒悟）對、對不起，我拿過去。下次我會放回抽屜。

妹妹：（接過，口氣冰冷冰冷）最好是。

　　　　阿喵的臉垮下來。

狗　：對了，我們買了吃披薩，可以三個人一起吃……。

　　　　妹妹自己坐下來，在餐桌上打開便當。

喵　：妹妹，我們買了披薩……。

妹妹：晚餐自理，這不是慣例嗎？

　　　　烤箱叮一聲時間到。

　　　　喵和狗面面相覷。

　　　　燈暗三秒燈亮。

　　　　喵和阿狗端端正正坐在沙發上，妹妹在餐廳繼續吃便當。

　　　　燈暗三秒燈亮。

　　　　兩人依舊在沙發上，妹妹已經來到沙發邊，欲坐下。

　　　　兩人立刻站起來。

妹妹：我找面紙盒。

喵　：在這邊。（從另一邊拿起來）下次我也會放回原位的。

　　　　妹妹拿了面紙盒回到餐廳。

　　　　兩人又坐回沙發。

狗　：（小聲）我們買了三分披薩，怎麼辦？

喵　：（小聲）那你吃兩份囉。

狗　：（小聲）現在吃行不行？

喵　：（小聲）等一下啦。

狗　：（小聲）披薩已經烤好了耶。

喵　：（小聲）你就等一等嘛。

狗　：（小聲）幹嘛跟賊一樣？

喵　：（小聲）因為理論上，這個時間你不應該在家裡的。

狗　：（小聲）可是我很餓耶。

喵　：（放大音量）妹妹，我們可不可以……？

妹妹：隨便。

　　　燈暗三秒燈亮。

　　　三個人一起坐在餐桌上吃飯，可是視線沒有交集，偶爾穿越對方。

狗　：（討好地）胡椒鹽，要不要？

　　　妹妹毫無反應。

喵　：給我。

　　　喵做出貓的齜牙表情。

　　　妹妹恰好吃完飯離桌，收走自己的餐具，拿來條抹布抹桌子。

　　　阿狗趕緊把自己的盤子端高，好讓妹妹從下面抹過去。

阿喵伸手過去，妹妹目不斜視而剛好，閃開。

音樂起。

喵和狗一組，妹妹一組，三人跳起探戈般目光互相迴避，身軀卻錯身而過的舞蹈。

音樂停，妹妹走進房間。

兩人喘跌在沙發上。

喵　：天啊我好累我需要發洩一下！

　　　拿出便利貼，一張一張寫著不生氣。

喵　：我不要生氣，我不要生氣。阿狗，你也貼一張，你不要生氣。

狗　：阿喵，我覺得我好像妳們的第三者喔。

喵　：你胡說什麼？我——們？我和她從來不是一國的！（繼續畫）不要生氣。

狗　：阿喵，妳室友她，她是不是從來沒交過男朋友啊？所以她對男人有點那個……
　　　過敏加潔癖。

喵　：我說過我們不同國，我怎麼會知道她有沒有男朋友？我不要生氣。

狗　：可是妳們不是室友嗎？ㄟ，我很好奇女生和女生之間聊些什麼？

喵　：那男生和男生之間聊些什麼？

狗　：球賽，麻將，酒，和女人。妳們呢？

喵　：開罐器和面紙盒。

狗　：嘿！認真點。

喵　：阿狗，她是美女對不對？

狗　：她哪有妳美啊！

喵　：你少油嘴滑舌了，你這個男人啊，對美女和非美女，態度完全不一樣，眼神，身體姿勢，也全都兩樣，我是不可能會搞錯的。

狗　：阿喵，我這樣整天跟著妳，黏著妳，妳的小腦袋瓜還是放心不下嗎？在這麼狹窄的空間裡，妳想除了妳，我還看得到別的嗎？我的眼睛裡只有妳，我的腦袋裡只有妳，我的鼻孔裡有妳，我的嘴巴裡有妳，我的牙齒和舌頭裡有妳，都是妳……。

喵　：你最壞。（喵丟掉便利貼。）

　　　　兩人熱吻。

　　　　燈暗。

19

適婚年齡

電話響。

妹妹的房間亮。

妹妹：喂？（妹妹坐在床上接電話。）

　　　（媽媽走進來，坐在妹妹床另一頭。）

媽媽：妹妹啊，妳在台北有交男朋友末？帶回家給媽媽看。

妹妹：沒有。

媽媽：妳在台北都五六年，都沒有交過男朋友？

妹妹：沒有。

媽媽：哎喲，妳怎麼這麼沒路用！枉費我給妳生得人模人樣，妳竟然會滯銷！妳再過
　　　兩年妳就要三十歲了耶，妳知道嗎？

妹妹：媽，妳不用緊張啦。

媽媽：就是因為妳沒路用，媽才會緊張。妳聽好，媽有在鄉下給妳打聽幾個相親對
　　　象。從下星期開始，妳每個週末都給我回家，我來安排相親。

妹妹：媽，車票很貴的。

媽媽：那一點錢妳也要計較，關係妳的終生幸福耶。妳這孩子一點兒都不懂事。

妹妹：就算要相親，為什麼不是人家上來，而是我要下去？

媽媽：妳快三十了還挑？做女人的，本來就是要懂得為人著想。

妹妹：我⋯⋯。

媽媽：好了，妳寫進妳的記事本，記得買車票，聽到沒？

妹妹：聽到了。

　　　媽媽起身在房間各處拾拾東西叨叨唸唸。

　　　妹妹頹然坐在床上。

　　　燈暗。

我畫的筆快壞了，
就是現在正在畫的這支。

她現在看起來還好，
可是，她的頭就快要不見了。

有一天，她就不再能畫了，
她的心情會是什麼？

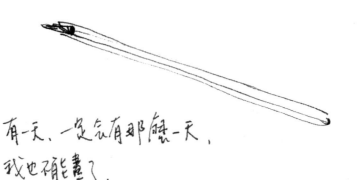

有一天，一定會有那麼一天，
我也能畫了。
那時候，我的心情會是什麼？

20

引誘

喵匆匆忙忙抱著畫稿出門。

狗 ：喵！今天禮拜天耶！

喵 ：我是freelance全世界都嘛知道我們沒有國定假日。我會早點回來。啾！（吻阿
　　狗一下）祝你的女朋友越來越紅！

喵出門後，狗百無聊賴。走到冰箱前，發現上面黏著便利貼。

狗 ：（念）Dear旺旺，想我嗎？想得太累時，准你稍息一下，兩秒鐘，喵。
　　　神經！甚麼時候貼的啊？也不怕人看見。（撕掉便利貼）
　　　看看有甚麼好吃的？

阿狗打開冰箱，看，看，看。

妹妹：想好要拿甚麼再打開冰箱，開這麼久冰箱都不冷了。

阿狗愣了一秒鐘。
連忙拿些不相干的東西出來，慌忙關上冰箱。
妹妹端坐在餐桌前吃早飯。
阿狗面對妹妹坐下。

狗　：請問，剛剛，是妳在講話嗎？對我講？

妹妹：跟我媽。

狗　：妳媽？妳媽在哪裡？

妹妹：我媽（指右邊），阿妙（指對面右邊），你（指對面），我（指自己），一共
　　　四個人在這張桌子上。

狗　：喂，又不是靈異電影，別這樣嚇人！（露出微笑）想不到妳這人也挺有幽默
　　　感的。

妹妹：不要邊吃飯邊講話。

狗　：這句話也是妳媽講的？（誇張地對著隔壁空位）伯母，您好。

　　　（妹妹一笑也不笑，繼續吃飯。）

狗　：胡椒鹽？（舉起來問）

　　　妹妹不理他。

　　　阿狗放回桌上。

狗　：其實我理解妳生氣的理由。不要妳要氣，就通通發洩在我身上好了，不要怪阿
　　　喵。她這人看起來很酷，其實心很軟，很容易受傷。

妹妹：果然這桌上有四個人。

狗　：哈哈哈！對耶。（對著空氣）噓，喵，先下去喔。掰掰。

　　　妹妹不理他。

　　　阿狗盯著妹妹。

狗　：妳和阿喵真是很不一樣的女人。

　　　沉默。

妹妹：哪裡不一樣？

狗　：妳呢，看起來很體貼、很溫柔，其實很自我，很冷酷，我講對了嗎？

　　　沉默。

狗　：妳想說，因為我的關係才會變得這樣，不對，其實這就是妳的本性，是因為
　　　我，把妳內在的冷酷無情給激發出來了。

　　　妹妹用力放杯子。

狗　：很冷酷，也很有個性的女人。

　　　妹妹不理他。

　　　妹妹伸手去拿胡椒鹽，碰到阿狗也正要伸手要去拿，兩個人都緊急抽回手。

狗　：妳先用。

　　　妹妹卻不拿。懸空的手緩緩放回桌上。

狗　：妳先用沒關係。

　　　妹妹動也不動。

　　　阿狗也把手放在桌上。

狗　：妳知道嗎？對我來說，女人只有兩種。

妹妹：哪兩種？

狗　：一種是我會想上床的女人，一種是我不會跟她上床的女人。我從來不會搞錯，
　　　幾乎在第一眼就可以決定。

妹妹：所以我是？

　　　阿狗在桌上的手又向靠妹妹的手靠近一點。
　　　妹妹的手一動也不動。

阿狗：我會想上床的女人。

　　　阿狗的手蓋在妹妹的手上。
　　　妹妹的手一動也不動。
　　　燈暗。

21

阿狗與自我監視系統

阿狗和妹妹在妹妹房間裡。

阿狗瞬間就把衣服幾乎脫光。

妹妹卻慢條斯理將脫掉的衣服一件一件脫下摺起來，整整齊齊放在椅子上。

阿狗鑽進妹妹的床被裡，慾火焚身的樣子。

狗 ：快！快！寶貝來……。

妹妹房間有梳妝鏡或穿衣鏡，妹妹把阿狗的衣服也收好，趁機不落痕跡地調整鏡子的角度，讓它照見床上的人。

狗 ：快！fire me！

妹妹以優美的姿態滑進床上。

阿狗撲向妹妹。

妹妹：等一下，我確定門鎖了沒有。

回到床上，阿狗重新撲上來。

妹妹：等一下，你躺過來一點兒。

阿狗依照妹妹的指示挪動身體位置。

　　阿狗重新撲上來。

妹妹：等一下，看到了。

　狗　：看到什麼？

　　妹妹從床上拉出一條阿狗的內褲。

妹妹：這個。

　　她細心地把內褲翻到正面，壓在衣服堆最下方。

　狗　：好了！

　　阿狗又像餓獸般扭上來。

妹妹：等一下！

　狗　：又怎麼啦？

妹妹：枕頭不對。

　　妹妹整理好枕頭和棉被的角度。

　狗　：現在可以了吧？

妹妹：等一下，你從這邊上來。

　　阿狗從另一邊撲上來。

　　妹妹盡力調整自己的姿勢和位置。

兩人在棉被下纏扭一頓。

　　　妹妹抬起脖子看著自己的模樣，調整腳丫分開的角度……。

妹妹：等一下、等一下！

　　　阿狗漲紅臉翻棉被探頭。

　狗　：嚇、嚇，寶貝妳怎啦？

妹妹：頭髮太亂，好難看。

　　　妹妹對著鏡子整理頭髮。

　狗　：哎喲馬上就亂了啦！

妹妹：我不想要這樣開始嘛！

　　　阿狗捲土重來。

　　　妹妹從被子裡掙扎探頭照鏡子。

妹妹：再等一下！

　狗　：厚……！

　　　阿狗頹了。

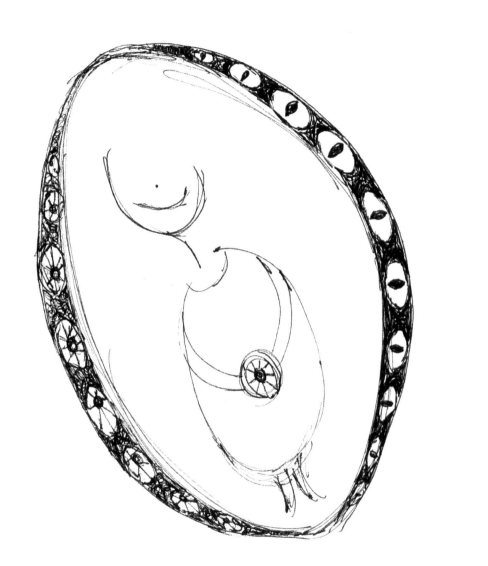

22

暗中的紀律

全暗中只聽見男人的旁白聲。

旁白：來，慢慢走向我。
旁白：先放下。
旁白：留在那裡等我。

旁白：七點到九點是妳和我的私人時間。
旁白：我讓司機先走。
旁白：這是鑰匙。

旁白：放鬆。
旁白：吻我。
旁白：打開。

旁白：傾聽妳的身體。
旁白：我聽得見妳。

旁白：溫度，質感，節奏，韻律。

旁白：轉過去。

旁白：別害怕。

旁白：再進來一點兒。

旁白：唉。

旁白：妹妹，妳真棒。

　　　最後一句變成阿狗的聲音，或聲音重疊。

旁白：放鬆。

餐桌上

妹妹、阿喵、阿狗三個人坐在餐桌上。

喵 ：阿狗。

狗 ：幹嘛？

喵 ：捏我一下。

狗 ：幹嘛？

喵 ：捏一下嘛。

　　用力一點兒！……哎喲，好痛！痛……哈哈哈哈呵呵呵呵……。

狗 ：阿喵，妳幹嘛？

喵 ：對不起，我實在太開心了，覺、覺得好像作夢一樣喔，呵呵。

狗 ：三八！

喵 ：我好像夢見過這樣的場景，怎麼說呢，這就像我最近接的一本書，書名叫：我好朋友的男朋友，還是我男朋友的好朋友，之類的。

狗 ：連書名都搞不清楚，妳怎麼幫人家畫啊？

喵 ：你才笨咧，取這種名字本意就是要弄混人家的嘛，像我的朋友也是我朋友的朋友，還是我最好的朋友也是我好朋友的好朋友，重點在都錯綜複雜得一塌糊塗。

狗　：繞口令而已嘛。

喵　：唉，這種事男人不會懂的，對不對妹妹？

喵　：妹妹？

喵、狗：妹妹？

妹妹：啊甚麼事？

喵　：妹妹，妳在發呆耶。

狗　：臉上還掛著微笑，好詭異。

妹妹：呵，因為你們兩個看起來就像一幅畫，郎才女貌的，看著看著我就發呆了。

喵　：郎才？是大野狼的狼吧。

狗　：女貌？冒青春痘的冒吧。

喵　：喂！

　　　　兩人打鬧。

妹妹：你們倆感情真好。

狗　：才沒有！（倏然分開。）

　　　　喵瞪了狗一眼。

　　　　妹妹突然站起身。

妹妹：我吃飽了。

喵、狗：妹妹！

　　　　妹妹不動。

喵　：再坐一下嘛，我們來玩三個人的食物麻將好不好？

妹妹：才不要。

　喵　：不然我們玩真心話大冒險。

妹妹：幼稚。

　狗　：對，幼稚。

妹妹：玩一下無妨。

　　　妹妹坐下來，喵笑顏逐開。

　喵　：我一直幻想有這麼一天，妳和阿狗可以跟我一起坐在這張桌子上，交換說
　　　　秘密。

　狗　：交換甚麼秘密？

　喵　：首先說……說戀愛的次數。

　　　狗看著妹妹。

　　　我先講，三次，第一次在我小學三年級，那時我好喜歡我的美術老師，每天看
　　　到他就心狂跳，劇烈到我以為會心肌梗塞，不過那一次完全是單相思，直到畢
　　　業都不敢表白。上國中以後我曾偷偷寫了情書去找他，沒想到他已經結婚了，
　　　看起來還像個老頭兒，所以我的戀愛就結束了。第二次在高三下學期，在補
　　　習班認識的，十八歲，純純的愛。第三次，大學畢業旅行的時候認識阿狗，
　　　二十三歲到二十五歲，現在進行式。

　狗　：好，下一個輪誰？

　喵　：阿狗，你給我從實招來。

　狗　：我嘛，嚴格算起來，兩次。

喵、妹妹：怎麼可能？

狗　：喂、妳們這甚麼意思？我看起來像是那麼隨便的人嗎？

　　　喵和妹妹都點頭。

　　　喂、跟妳們講，狗亦有道，我談戀愛絕對不是沒有原則的，所以，在我心裡，
　　　真正算得上戀愛的戀愛只有兩次。

喵　：什麼叫算得上戀愛的戀愛？甚麼叫算不上戀愛的戀愛？

狗　：第一，單戀不算，第二，只有喜歡卻不上床的不算，第三，只上床卻不喜歡的
　　　不算，第四，上床又喜歡，但交往沒超過三個月的，應該也不算。

喵　：哼，你還滿有原則的嘛。

狗　：當然啦，這算是成熟人的愛情觀，依照我的原則，妳前面那兩次根本不算
　　　戀愛。

喵　：我覺得是就是，戀愛是一種心靈狀態。

狗　：抽象。

喵　：很具體啊。當你的內心發生變化，再也無法回到原點時，那就是戀愛了啊。

妹妹：即使對方並不愛妳？

喵　：對！因為當那麼強烈的感情發生妳心裡時，不管人家愛不愛妳、時機對不對、
　　　妳就是沒辦法停止把感情給出去，妳收不回去，妳只能一直給，妳一定要爆
　　　發，妳一定要上下顛倒，不對，我是說神魂顛倒，於是不管該或不該妳知道妳
　　　戀愛了！愛，不就是這麼簡單嗎？

妹妹：按照妳的標準，我可能一次也沒戀愛過。

喵　：怎麼可能？妳都已經二十八……對不起。

妹妹：沒關係。

阿狗：可是，一點兒也看不出來，妹妹看起來還很年輕，我是說，妳長得不錯啊，怎麼可能沒人追？少騙人。

妹妹：問題就出在這裡。每次我還沒想到喜不喜歡別人，人家就會先說喜歡我，所以我的問題馬上就變成：拒絕，或者是接受。

喵　：我覺得很簡單啊，看妳自己喜不喜歡他嘛！

妹妹：問題常常沒這麼簡單。

喵　：為什麼？

阿狗：阿喵在這方面真是單純得可以。

喵　：愛，還是不愛，本來很單純啊，問問自己的心不就明白了？

妹妹：但是我從來沒機會好好想過，如果對方不愛我的話，我還愛不愛對方呢？

　　　　阿狗仔細觀察妹妹。

阿狗：難道說，你們女生，即使上過床，還不能確定是不是愛對方？

喵　：阿狗，請不要馬上把問題從愛轉到性。

阿狗：性本來就是愛的關鍵。老實說，我最怕女人的性愛分開論，有了性關係還要愛保證，一下床就馬上追問我愛不愛她？好像做愛是戀愛的交換禮物似的，超恐怖的。呃我說的是少數人，不是說妳。

　　　　喵以為阿狗說的是自己。

喵　：我？

妹妹：沒關係，我也不認為做愛等於戀愛。

喵、狗：啊！

妹妹：很驚訝嗎？

　喵　：因為妹妹，妳不像是會說這種話的人。

阿狗：妳是說妳會和一點都不喜歡的男人上床？

妹妹：也不是這樣。但是，原因很複雜。喜歡一個人，有時是因為對方喜歡自己，有
　　　一點被感動到；有時因為需要安全感；或者，因為太寂寞。有時候，只因為對
　　　方拿菸的手指看起來很性感，妳就想要被這樣的手指撫摸……。

　　　阿狗下意識看一看自己的手指。

　喵　：愛一個人是不需要理由的。

妹妹：不，一定有理由。妳總想從中交換一點兒甚麼。

　喵　：交換？妳怎麼會有這麼可怕的念頭？

妹妹：妳想想看喔，人和人第一次見面時不是都會點頭，微笑，自我介紹，握手，交
　　　換名片……，因為他們希望給對方好的印象，方便以後交易啊。交換名片後
　　　很可能日後會打電話，這時打起電話就會顯得熱絡許多，跟之前變得不一樣
　　　了……。

　狗　：妳把上床比喻成交換名片？

　喵　：她說的是戀愛。

妹妹：我是說人和人彼此需要，所以才會建立關係。從不認識到認識，必須一定要透
　　　過某些步驟。……其實我不太懂戀愛是什麼，是不是一定要從燭光晚餐開始，

看電影、約會、牽手、親吻，上床，全套做足，才叫做戀愛？還是可以跳過幾個步驟……。

狗　：直接到最後一步，就算省略其他步驟，戀愛還是戀愛！對男人來說，只有最後一個步驟才是重點，其餘的都是裝飾品，像耳環戒指項鍊一樣，女人就愛這些裝飾品。

喵　：阿狗，我很確定一件事，那就是我雖然喜歡你但絕不包括你的戀愛哲學，甚麼個甚麼，再說，你說女人都喜歡裝飾品，那為什麼你從來就沒送過我任何裝飾品？

狗　：這就是妳與眾不同的地方啊，所以我才和妳在一起。

喵　：在一起？你就不能直接說你愛我嗎？

狗　：妳看妳又來了，愛的口頭勒索。

喵　：你……！

妹妹：就算勒索也成啊，誰叫你愛她？愛本來就需要條件交換。你愛她，所以她愛你。如果你不愛她，她就換愛別人。

喵　：妹妹，妳是相親相到頭殼壞掉還是怎樣？妳是一個人耶，人的價值怎麼可以交換？妳的愛怎麼可以說是交換？

狗　：妳是說，上床也是一種交換？

妹妹：我說的不只是上床，是所有的關係。比方說交換情報啊、交換利益啊，因為需要，因為交換，人和人彼此才有關係。我這樣說乍聽好像不道德，但是，事實不就是這樣嗎？銷售員和妳說話，為了推銷妳接受她們的產品；長官跟妳說話，為了贏得妳的忠誠；同僚跟妳話，為了得到你的信任；情人跟妳說話，

為了得到妳的愛。難道你們都沒有過：我對這個人好對我自己有甚麼好處，的念頭？

喵　：妳是說人和人聊天說話，一定要交換甚麼的嗎？

妹妹：阿妙，妳不能很天真地假裝妳不需要跟人交換什麼。沒有交換關係，出版商為什麼要找妳？妳又為什麼要一再忍耐修改妳的插畫？

喵　：也可能他們欣賞我的畫啊，他們有感覺。

妹妹：純粹有感覺不能賺錢的話，他們會付錢給妳嗎？

狗　：那妳覺得上床可以交換甚麼？

妹妹：嗯，可能是，多一點了解吧，像是一種深度交談。

狗　：深，度，交，談？

喵　：妳是說交換性，就跟我們交換對話一樣？

妹妹：程度不同，但都是一種交換。

喵　：那我現在要跟妳交換什麼？

妹妹：妳要我，接納妳的男朋友。

　　　三個人互相凝視。

　　　燈暗。

24

衣櫃交換大賽

妹妹和喵各據沙發一端。

喵 ：妹妹，我可以跟妳借一件衣服嗎？

妹妹：可以啊，妳要借哪一件？

喵 ：我自己拿。

喵走進妹妹的房間。

打開整整齊齊的衣櫥，喵挑了幾件衣服聞啊聞。

妹妹：怎麼這麼久啊？要不要我幫妳找？

喵 ：不用了。

喵隨便套件外衫，走出來。

喵 ：怎樣？

妹妹：呃，滿奇特的。那，我可不可以也跟妳借一件衣服？

喵 ：可以啊。

妹妹進喵的房間。喵的房間衣服掛得亂七八糟，牆上、床上、椅子上都有。

妹妹走出來，換上一件吊帶寬板六分牛仔褲。

妹妹：好看嗎？

喵　：還不賴啦。可是我要換一件。

妹妹：請便。

　　　喵小跑步進妹妹的房間，換上一件妹妹風格十足的襯衫。

喵　：怎樣？

妹妹：有種衝突的美感。我要再去看看妳的衣服。

　　　妹妹走進喵的房間。

　　　她挑選了一件波西米亞風的坎肩和帽子穿上走出來。

妹妹：好看嗎？

喵　：哇不公平，妳一次就挑兩件。

妹妹：妳也可以挑兩件啊。

　　　喵衝進妹妹的房間，立刻換上一件A字型短裙並套上絲襪。

　　　小跑步衝出來。

　　　喵轉一圈給妹妹慢慢欣賞。

喵　：噹噹噹噹，如何？

妹妹：鞋子不配。

喵　：那，妳借我鞋子。

妹妹：好！妳鞋子也要借我。

兩人一起各往對方的房間去。

妹妹套上喵的彩色長統五趾襪和馬靴。

喵穿妹妹的高跟鞋，一拐一拐走出來。

兩人照面之後又快快返回去穿更多對方的衣物。

喵匆忙塞進妹妹的滾蕾絲白襯衫，妹妹匆忙換上喵的洞洞T恤……，如此這般像比賽穿誰的衣服多，又來回數次，終於兩人都完全穿對方的衣物。

喵　：（喘氣）呼、呼，怎麼樣？

妹妹：（喘氣）看起來就像，另外一個我，呼、呼，那我呢？

喵　：看起來就像阿喵，只是裝錯了頭，哈哈哈哈。

妹妹：哈哈哈哈。

　　　笑到趴，兩人互相凝視。

喵　：妹妹我……我還是想做回阿喵。

妹妹：我也是，我喜歡原來的妹妹。

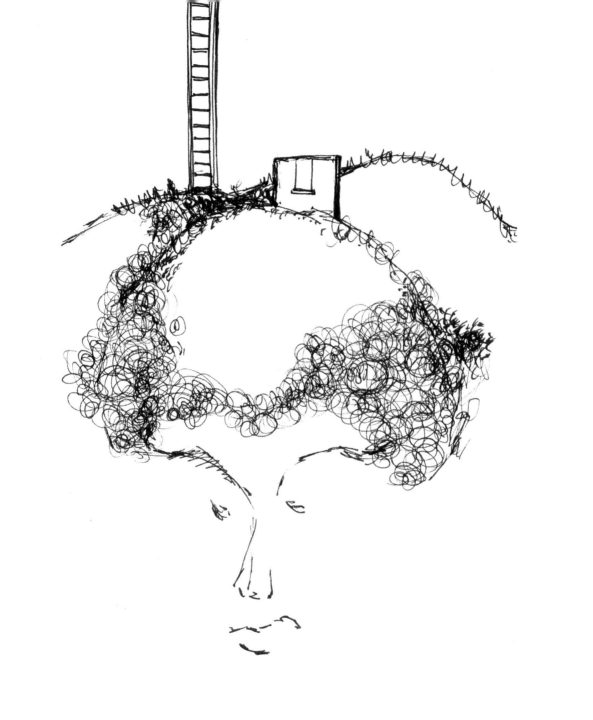

25

龜裂

阿狗在沙發上看電視。

站起來往妹妹的房間，停。

回頭望望喵的房間，走回去，停。

最後走向妹妹的房間。

喵 ：阿狗，你要去哪裡？

喵突然出現在她房門口。

狗 ：沒，我做體操。

喵 ：呼，我累死了。

癱倒在沙發上。

喵 ：狗，幫我搥搥背。

狗搥得心不在焉，東張西望。

喵 ：背啦，你搥哪裡？

喵 ：對了阿狗你那雙綠色的襪子，我只洗到一隻，另外一隻怎樣都找不到耶。

狗 ：被洗衣機吃掉了啦。

喵　：屁啦！

　　　　妹妹房門開。
　　　　阿狗搥沙發。

妹妹：你在幹嘛？
狗　：沒，我打拳擊。

　　　　妹妹準備出門上班，她拿著手提包，和一只紙袋。
　　　　走到廚房，妹妹打開冰箱替自己倒了一杯牛奶。
　　　　從紙袋裡抽出一只綠色的襪子，不碰手地掛在對面的椅背上。

狗　：啊、啊、啊，我也要喝牛奶。

　　　　阿狗莽莽衝向廚房。
　　　　喵回頭。

喵　：狗你的襪子為什麼掛椅背？
妹妹：掉在地上我剛剛撿起來的。

　　　　妹妹一派若無其事。
　　　　沒事的話，我上班去了。

喵　：好，掰掰。
狗　：掰掰。
喵　：狗，我想在門口掛一張全身的大鏡子，你說好不好？

狗　：何必，妳要照跟妹妹借一下就好了，她房間裡……。

喵　：怎樣？

狗　：有大鏡子。

喵　：你為什麼知道她房間裡有大鏡子？

狗　：我想每個女生都有。

喵　：我就沒有。

妹妹：我上班去了。

喵　：你去過她的房間？

狗　：我不知道。

喵　：你怎麼可能不知道？

狗　：我真的不知道，可能我找東西的時候，有探頭朝裡面望了一下。

喵　：甚麼顏色的？

狗　：白色……，妳說鏡子嗎？

喵　：還在騙我。

妹妹：我再不出門要遲到了。

喵　：妳敢？

　　　　誰都沒動一下。

妹妹：這是你們兩人之間的事。

　　　　沉默。

狗　：我們每個人都是自由的！我想做甚麼就做甚麼！我早就說過，我是荒野中的一匹狼，不屬於任何人，也沒任何人可以管束我，這就是我的本色！（今天我有做也罷，沒做也罷，我都沒必要要跟誰交待。）

　　　狗出門去。

　　　剩下妹妹和喵。

　　　喵衝去冰箱，拿出製冰盒，朝自己的頭倒下來。

妹妹：啊！喵別這樣！

　　　喵要把自己塞進冰箱。

　　　妹妹拉住她。

妹妹：喵！不要！

喵　：別碰我。

　　　甩開妹妹的手。

妹妹：妙，我並不愛阿狗。

　　　喵在冰箱前躺下來。

妹妹：答應我，別傷害妳自己，好不好？

　　　喵躺在冰箱前不動。

妹妹：喵？

　　　　妹妹默默站起來走到大門口，回頭。

　　　　喵不動。

喵　：妳這個人有心嗎？妳的心，到底是甚麼做的？

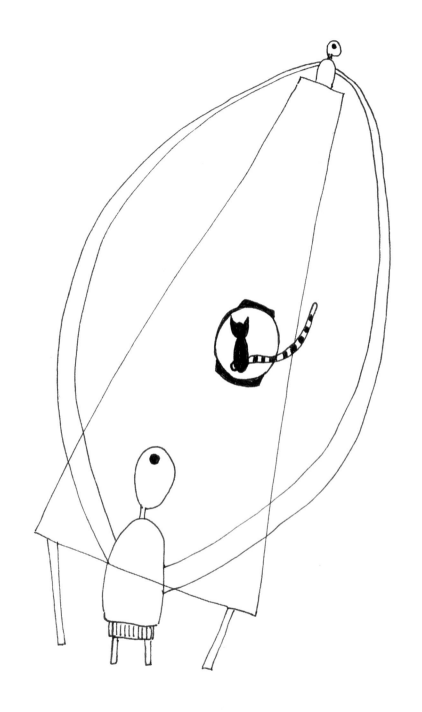

26

時間靜靜流過

燈亮。

如同第一場，喵窩在沙發上頭。

燈暗燈亮。

喵翻身。

燈暗燈亮。

妹妹進門。

燈暗燈亮。

妹妹出門。

燈暗燈亮。

喵躺在冰箱前面，妹妹從房門走出來，走到喵面前。不說一句話，又折回去。

燈暗燈亮。

喵蜷縮在餐桌上。

燈暗。

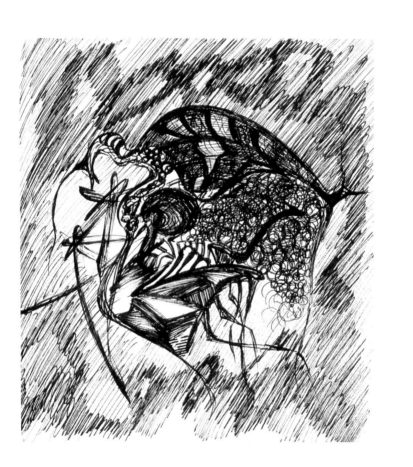

貓的真實世界

黑暗中真貓的各種叫聲。

燈漸亮，但始終沒有全亮。

喵蜷縮在餐桌上。

有一個非常巨大的黑色餐桌投影呈冂形印在整個公寓上空。

彷彿餐館的人潮聲傳來。

人們在餐桌邊坐下的足部黑影。

人腿如林，穿梭於桌腳邊。

有人不小心踹了她一腳。

喵 ：喵嗚……！

旁白：還以為踢到甚麼？原來是一隻貓。

旁白：走開啦。

繼續對話。有人漫不經心在桌下脫鞋搔癢，有人抖腳。

喝空的啤酒罐鏗鏗咚掉下來，砸到阿喵的頭。

有人吐了一口檳榔汁。

旁白：呸！

終於，喵起身，伸個大懶腰。

喵　：喵……嗚……！

旁白：甚麼東西鬼叫鬼叫！

有團模糊的大頭伸到桌下。

旁白：桌底下有隻貓耶！

旁白：好噁心！

旁白：很髒！

旁白：走開！

旁白：去！

大腳亂踢亂踹。

喵　：喵……！

喵飛也似地跳開，像貓一樣奔逃，離開桌子。

幻象驟逝，喵挺起胸膛，慢慢站直。

28

妹妹日記四

妹妹在自己的房間寫日記。

妹妹：今晚我一直希望有什麼聲音來告訴我，我應該怎麼做才對？什麼才是正確的？
可是我什麼聲音都沒有聽到。我不知道該怎麼想才好了。像阿喵一樣思考？像
阿狗一樣思考？像妹妹一樣思考？可是，妹妹的思考是什麼呢？

今天阿喵問我：我有心嗎？

我的心在哪裡？我的心不就在我的乳房的下面嗎？我的心不就在我的日記裡面
嗎？我不是一直都很用心做好每一件事嗎？我用心做到媽媽的要求，用心做到
老師的要求，用心滿足老闆的要求，用心適應社會的需要，用心做一個人人都
說好的人……為什麼問我有沒有心？

旁白：妹妹，妳讓老師很開心。

妹妹：老師開心比我的心重要。

旁白：妹妹，懂事點讓弟弟一下嘛。

妹妹：愛護弟弟比我的心重要。

旁白：不管怎麼說這就是規定，妳不能違反規定。

妹妹：規定比我的心重要。

旁白：今天遇到舅媽問我什麼時候吃到妹妹的喜餅？害我真想找個洞鑽進去算了！

妹妹：媽的面子比我的心重要。

旁白：妹妹這個案子一定要拿到！我一定要打敗對手！

妹妹：老闆的前途比我的心重要。

其實，心一直都是次要，一直都有比心更重要的事情要做，不要動不動就問我在哪裡，好不好？心有什麼用處？心能幫助我活得更順利嗎？心能讓我步步高陞嗎？心會使妳快樂嗎？心會讓我們幸福嗎？

阿喵，妳會不會，太重視心了。

燈光照著妹妹的洋娃娃。

喵的畫畫日記二

喵在房間到處亂畫。

像方程式般的圖案浮出在牆上。

「愛阿狗→→阿狗也愛別人→→痛苦。

不愛阿狗→→阿狗也愛別人→→痛苦。

阿狗愛別人→→痛苦。

阿狗不愛別人→→不可能。

阿狗＝痛苦。」

看得見的吸管和看不見的吸管

妹妹下班回來。

喵背對著觀眾坐著。

妹妹：（小聲）我回來了。

妹妹一如往常先放東西在餐桌上，再回房間放手提包換衣服，然後回到廚房，把購買的東西放進冰箱。

妹妹：我今天買了很好喝的櫻桃汽水。

喵不回答，仍背對著。

妹妹：買一送一，所以我買兩瓶。

喵不回答，仍背對著。

妹妹：我們一人一瓶好不好？

喵不回答，仍背對著。

妹妹：咦，開瓶器呢？

妹妹到處搜索不到。

妹妹：阿喵，妳把開瓶器放在哪裡？

喵　：熱啊麵底車藝惹。

妹妹：啊？

喵　：如乏瑞鴉麵惹週記。

妹妹：甚麼？

喵　：瑞加麵底車藝惹。

妹妹：說清楚一點啦！為什麼妳總不能把東西放回原味呢？

喵　：瑞、鴉、麵、惹、車、藝、以。

妹妹：現在這是貓還是什麼生物的語言，拜託妳跟我說人話好嗎？

　　　喵悻悻然轉過身來，她嘴上咬著一截吸管。

喵　：瑞加麵底車藝以。

　　　喵用力把吸管從嘴角拉出來。

喵　：最下面的抽屜裡！

妹妹：謝謝。……喵妳幹麼要咬著吸管講話呢？這樣嗯嗯骯骯的誰聽得懂妳在講什

　　　麼啊。

喵　：那妳呢？

　　　妳都聽得懂自己在講什麼嗎？

妹妹：當然。

喵　：妳都有說出妳的真心話嗎？

妹妹：我，我盡量。

喵　：如果妳含著吸管，說甚麼都沒人聽懂的話，妳會說些甚麼？

妹妹：不要，說話本來就是要讓人聽懂的。

喵　：如果我不要聽懂呢？

妹妹：那我沒甚麼好說的。

喵　：可我想說。（含著吸管）#^$%^^&^*&*(()*)＿，r%^TIUOO{{{#@……。

　　　妹妹原本不想理她，但見喵滔滔不絕，樣子像在指責她。

妹妹：（含著吸管）#E&%^*&(*)*)(_)+，@$##^%$^%&*^*((*)…………。

　　　兩個人含糊不清、狠狠「對罵」，罵到全身發抖，氣憤不已。

　　　妹妹抽出吸管，對折，踩扁。

　　　喵拿出剪刀，一截一截把吸管剪斷。

妹妹：最好剪完記得掃地板。

　　　喵繼續剪著靠墊、桌巾、窗簾、沙發布……。

妹妹：嘿、妳幹嘛？

喵　：妳痛嗎？

妹妹：妳瘋了嗎！

　　　喵問著沙發。

喵　：妳痛嗎？

　　　喵用剪刀捅著沙發，從裡面掏出泡棉。

喵　：奇怪？怎麼是白的。

　　　不流血嗎？

妹妹：不要這樣！喵，妳不要這樣啦！

喵　：讓我看看裡面、我要看到裡面、我要看到裡面。

妹妹：喵！住手！不要這樣！

　　　喵失心瘋似地想刨沙發。

　　　妹妹慌忙去拿隔熱手套反手握住喵的手，歇斯底里大叫。

妹妹：妳住手、妳住手、妳住手、妳住手……。

喵　：我早就住手了。

　　　妹妹，腿一軟，向後倒。

　　　妹妹掩面痛哭。

妹妹：我受不了了！

喵　：為什麼？

妹妹：我不知道，妳怎麼可以這麼殘忍呢？

喵　：別怕，也許沙發她是不會痛的。

　　　妳會痛嗎？

　　　妹妹抽噎。

喵　：別怕，雖然我恨妳恨得要死，但理智上，我知道妳一點兒錯也沒有，就妳自己
　　　的邏輯來說。

妹妹：妳哪裡知道我的邏輯？

喵　：但是阿狗也沒有錯，就他自己的邏輯來講。

　　　就連我，我也有我的邏輯，我沒辦法違背自己的原則而活。

　　　既然阿狗不能不自由，我不能不心痛，那我們就只好，不要在一起了。

　　　因為我不想再痛苦下去了。

妹妹：阿喵……。

喵　：到頭來，我還是最愛我自己，我愛自己勝過阿狗。

妹妹：最愛自己的有甚麼不對？

喵　：不對，不對，我原本以為愛應該是無所不能的！

　　　真愛無敵，不是嗎？

　　　沉默。

妹妹：我也不知道。

　　　愛是甚麼呢？

　　　沉默。

妹妹：我們來喝汽水好不好？

喵　：不要。

妹妹：為什麼？

喵　：不要。

妹妹：妳到底要怎樣？

　喵　：妳可以⋯⋯。

妹妹：幹嘛？

　　　　喵抬起頭來，淚流滿面。

　喵　：**交換我的痛苦？**

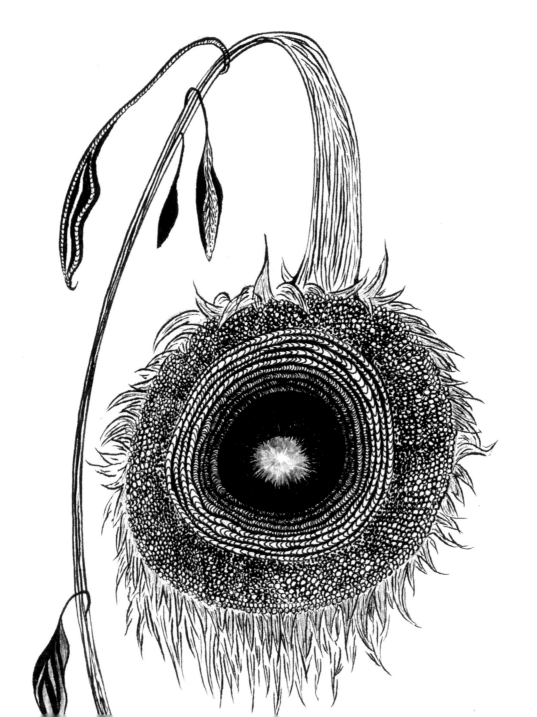

失戀＋失業＋搬家，三重道別

喵的房間不尋常地乾淨，東西都已打包。

喵正在客廳修補沙發和窗簾。

門砰地一聲打開，妹妹踉蹌進來，衣衫不整，頭髮凌亂，臉有紅腫，手提包拖到地上。

喵　：現在還不是下班時間吧⋯⋯咦？

發生了甚麼事？

喵趕緊先把門關上，幫妹妹找張椅子坐下。

被搶劫了？

妹妹搖頭。

有人打架？

妹妹搖頭。

車禍？

妹妹搖頭。

被強暴？

妹妹搖頭。

要上醫院？

妹妹搖頭。

去警察局報案？

妹妹用力搖頭。

喵 ：甚麼都不要，只想靜靜休息？

妹妹點頭。

喵倒杯熱水給妹妹，並找條毛毯給她蓋上。

喵 ：妳這是姑息養奸，我陪妳去報案好不好？

妹妹用力搖頭。

為什麼？歹徒妳認識？

妹妹搖頭。

怕被報復？

妹妹搖頭。

搞不清楚怎麼回事？

妹妹搖頭。

喵 ：好吧，那先擦藥好了。

喵去拿出藥箱，並用熱毛巾幫她清潔傷口。

妹妹：阿妙，妳明天，可以幫我去公司一趟辦離職手續，雖然我不知道老闆會不會給我遣散費⋯⋯。

喵 ：為什麼？妳不是妳老闆的⋯⋯嗯妳上司的⋯⋯那個。

妹妹低頭不語。

喵 ：發生了甚麼事？

妹妹不說。

喵 ：是大老婆上門來打妳？

妹妹不說話。

喵 ：妳老闆呢？沒救妳？

妹妹搖頭。

喵 ：其他人呢？沒人救妳？

妹妹搖頭。

喵 ：唉，那種公司不待也罷啦。

妹妹痛哭。

妹妹：喵，就算我不是每件事情都做對，但至少我一直盡心盡力在做一個好人啊。

喵　：我知道。

妹妹：我從不得罪任何人。

喵　：我知道。

妹妹：好幾個都受過我幫忙。

喵　：嗯。

妹妹：生日禮物我也一個都沒漏掉。

妹妹：這是很辛苦的。

喵　：我想也是。

妹妹：結果我變成大家的笑柄了，嗚……。

喵　：反正妳再也不會回去那地方了嘛，管別人怎麼想呢？

妹妹：我不要嘛，嗚……。

　　　　喵換毛巾。

喵　：我行李都打包好了，但我走以前，一定會幫妳辦好離職手續和拿薪水。

妹妹：真的可以嗎？

喵　：不然咧？

妹妹：喵妳幹嘛對我這麼好？我根本不值得！

喵　：胡說，妳當然值得。

妹妹：不，我不值得！我不值得！妳才是比我更好的人！

喵　：傻瓜。

　　　喵拿出冰塊，用毛巾包起來，幫妹妹冰敷瘀青的地方。
　　　妹妹怔怔醒悟。

妹妹：妙，妳老早就知道我是第三者了對不對？
喵　：嗯。也不是特別認真在想，不過我對第三者一向嗅覺敏銳。
妹妹：所以妳一直在，忍耐我？
喵　：也不是為了妳忍耐，我是為了阿狗，一直我想訓練自己接受不完全擁有的戀愛
　　　模式，所以總覺得妳就是我要學習忍耐的那部分。
妹妹：甚麼嘛，明明都是我在忍耐妳。
喵　：呵，也有啦。

　　　喵安撫妹妹，輕輕擁抱她。
　　　光線改變。
　　　兩個人都躺在沙發上。

妹妹：喵，我總是站在那個人的立場，配合那個人的需要，做他量身訂製的理想情
　　　人，雖然我從不說，但這難道不是一種愛嗎？
喵　：嗯，每個假日妳都在等一個電話。
妹妹：原來我是有愛他的。
喵　：嗯。
妹妹：可是我連他到底有沒有真愛我我都不確定。
喵　：妹妹……。

妹妹：這算哪門子交換？對不對。

　喵　：せ，妹妹，妳剛剛說，我是比妳更好的人？

妹妹：一瞬間這麼覺得啦。

　喵　：只有一瞬間而已嗎？

妹妹：對啦，大概零點一秒的時間吧。

　　　我想我還是最愛我自己。

　　　我們非這樣不可，不是嗎？

　喵　：妹妹難得妳這麼誠實耶。

妹妹：喵，答應我，不管到天涯海角，妳一定要活得像喵一樣，好不好？

　喵　：我盡量。那妹妹呢，不管天長地久都要活得像妹妹一樣嗎？

妹妹：那是當然的。

　喵　：那現在妳想跟我交換甚麼？

妹妹：甚麼？

　喵　：妳不是說人和人交談也是為了交換甚麼嗎？

妹妹：我還沒想到。

　喵　：以後會想到嗎？

妹妹：喵，妳不太像喵了喔。

　喵　：妹妹也不太像妹妹了喲。

　　　燈漸暗，聲音繼續。

　　　腳步聲往廚房。

妹妹：妹妹和喵終於有心靈相通的時刻了，喝杯汽水慶祝吧！

　喵　：乾杯！

妹妹：等一下，不是用那個杯子啦！

　喵　：有什麼關係嘛？

妹妹：全部都亂掉了啦，喵！

　喵　：喵……！

劇終

乃文的話：說的都是小事

妳、你、她、他、我
生活工作提款打掃買東西吃東西打電話上床睡覺
把這一切堆積起來
誰就認得誰了嗎？
名片髮型臉書手機款式彩繪指甲血型星座書架上的書
把這一切加起來
誰就認得誰了嗎？
滿載的物質資訊表象底下
誰閱讀著誰的心？

這部戲說的都是小事件。所謂小事件，發生於別人時，多半莞爾一笑；發生於自己時，隨時光流逝卻慢慢沉積點甚麼下來：悲哀、甜蜜、不在乎、憤怒……。小事件與路遙或馬力兩位同學無關，而與從點點滴滴瑣瑣屑屑裡閱讀出多少自己，稍微有關。我也不知道為何經常盯著電視憤怒質問：「甚麼才是最重要的？」的我，會寫出由一堆小事件組成的戲。

由於重要的事難以言明，我們往往將生命印記在種種小事上，因而在我心中浮現一個小小的劇場畫面，為捕捉劇場而分泌文字，又從文字繁衍圖畫。如今文字和畫都已獨立呈現，不再為劇場的附魂之物。因此我也不希望眯的圖畫成為文字的附聲者，甚至想偷偷藉此瞭解眯怎樣看待妹妹和喵。就像一個人用文字記錄思維，一個人用線條速描心情。我請眯用她自己的方式，逼近一個虛擬中的畫畫者私下的手繪日記。

約好要討論的那天，我坐在眯家的榻榻米上，翻著桑貝（Semp'e）的一本圖畫書。一個空的台啤罐黏在她書桌旁的白牆上，寫下一行鉛筆字。像化為蒼蠅的天使——像首詩的影子—如果天堂是個嗡嗡嗡到處飛響著詩句的地方的話。我目光停在一行字：「他們沉浸在成人世界裡能夠讓人走出悲傷的突發奇想當中。」

願意的話，讀者可以把這本書看成兩本書；一半是乃文用文字構築的妹妹與喵，一半是眯用畫筆構築的喵與妹妹。不，其實是三本書，第三本是關於讀者從妹妹和喵裡讀出的自己——一本無法交換的日記。

林乃文

曾任雜誌記者、電視節目企編、網路書店編輯，現從事戲劇創作、評論、研究工作。著有《跨界劇場・人》、《表演藝術達人祕笈》等，譯有《羅伯・勒帕吉創作之翼》。部落格：http://coolmoonintaiwan.blogspot.com/

關於瞇給妹妹與喵

不認為自己是個會畫「插圖」的人。

「插圖」顧名思義是為了某篇文章而繪製的圖，與「繪本」的圖又有些不同。繪本講求文與圖的關係，圖可以說的讓圖去說，字可以說的讓字來說，兩者並無主角與配角的關係。通常，我喜歡的繪本，圖文多半是同一個作者。那麼插圖呢？要給妹妹與喵劇本書的圖會是什麼樣子？

喵在劇裡是個畫圖的女生。畫圖是她的工作，也是她的生活。一些說不太出來的東西，她會用畫來說，就像別人對她說話她會回喵一樣。畫的日記和寫的日記不同，畫很感覺。於是，我在讀過劇本以後，從劇本中抽出幾個喵的印象，或者說，我對喵的感覺：

自由。卻不是真的那麼自由。
她討厭虛假、討厭制式。
她想要自由，卻又把自己縛了起來。
獨立。其實害怕孤獨。
膜、膜與膜接觸的聲音。
膜的裡面，膜的外面。
觸摸。我們觸摸不到。

她想要透明，想看穿一切。

人與人的關係、男女關係

她用畫，把想法凝固。

在尚未抓出這些東西以前，我胡亂畫了一些，邊看劇本邊畫。所謂的邊畫，真的就是邊畫，並沒有實質上直接的關係。但在我讀了第三遍，也畫了一些圖之後，我開始慢慢感覺到那圖應該是什麼樣子，也就是我上面所抓出的那些東西。

我不確定乃文對圖的想像與我是否一樣，但我先把自己對它的想像抓出來。新畫的圖，有些有那樣的感覺，有些沒有：而我在從前的塗鴉中，發現更多與喵感覺味道同樣的圖。我想，很有可能是因為那些是生活中自然產生的，而且是長時間累積下來的東西。

接下來，我還是會依著「那些印象」繼續塗鴉，但不確定畫的東西都可以用。畢竟那不是為了某單篇文字特別配的圖，那樣的圖我大概也不會畫。我還是認為得從生活中慢慢產生的圖味道才會對，而什麼時候會畫出什麼樣的圖老實說我也不知道。

現在只能希望我和乃文心有靈犀了。

——睞.2010.05.10

睞

本名廖怡君，高雄台北人。2005年起持續發表跨界詩作品：記憶儲存盒（2005）、T恤的記憶（2006）、模範生榮譽榜（2007）、筆跡‧筆記（2008）、艸目一夕（2008）、「我的天」手繪日誌塗鴉本（2009）。部落格：http://mi20100225.blogspot.com/

語言文學類　PG0408

妹妹與喵
——日記不交換

作　　者 / 林乃文
繪　　圖 / 睒
責任編輯 / 林千惠
圖文排版 / 賴英珍
封面設計 / 睒

發 行 人 / 宋政坤
法律顧問 / 毛國樑　律師
印製出版 / 秀威資訊科技股份有限公司
　　　　　114台北市內湖區瑞光路76巷65號1樓
　　　　　電話：+886-2-2657-9211　傳真：+886-2-2657-9106
　　　　　http://www.showwe.com.tw
劃撥帳號 / 19563868　戶名：秀威資訊科技股份有限公司
　　　　　讀者服務信箱：service@showwe.com.tw
展售門市 / 國家書店（松江門市）
　　　　　104台北市中山區松江路209號1樓
　　　　　電話：+886-2-2518-0207　傳真：+886-2-2518-0778
網路訂購 / 秀威網路書店：http://www.bodbooks.tw
　　　　　國家網路書店：http://www.govbooks.com.tw
圖書經銷 / 紅螞蟻圖書有限公司
　　　　　114台北市內湖區舊宗路二段121巷28、32號4樓
　　　　　電話：+886-2-2795-3656　傳真：+886-2-2795-4100

2010年9月BOD一版
定價：260元
版權所有　翻印必究
本書如有缺頁、破損或裝訂錯誤，請寄回更換

國家圖書館出版品預行編目

妹妹與喵：日記不交換 / 林乃文劇本 ; 瞇繪圖.
-- 一版. -- 臺北市 : 秀威資訊科技, 2010.09
面 ； 公分. --（語言文學類 ; PG0408）
BOD版
ISBN 978-986-221-542-5（平裝）

854   99013720

讀者回函卡

感謝您購買本書,為提升服務品質,請填妥以下資料,將讀者回函卡直接寄回或傳真本公司,收到您的寶貴意見後,我們會收藏記錄及檢討,謝謝!

如您需要了解本公司最新出版書目、購書優惠或企劃活動,歡迎您上網查詢或下載相關資料:

http:// www.showwe.com.tw

您購買的書名:＿＿＿＿＿＿＿＿＿＿＿＿＿＿＿＿＿＿＿＿＿＿＿＿＿＿＿

出生日期:＿＿＿＿＿年＿＿＿＿＿月＿＿＿＿＿日

學歷:□高中 (含) 以下　　□大專　　□研究所 (含) 以上

職業:□製造業　□金融業　□資訊業　□軍警　□傳播業　□自由業　□服務業　□公務員　□教職
　　　□學生　□家管　□其它＿＿＿＿＿＿＿＿＿＿＿＿＿＿

購書地點:□網路書店　□實體書店　□書展　□郵購　□贈閱　□其他

您從何得知本書的消息?

　□網路書店　□實體書店　□網路搜尋　□電子報　□書訊　□雜誌　□傳播媒體　□親友推薦

　□網站推薦　□部落格　□其他＿＿＿＿＿＿＿＿＿＿＿＿＿＿

您對本書的評價:(請填代號　1.非常滿意　2.滿意　3.尚可　4.再改進)

　封面設計＿＿＿　版面編排＿＿＿　內容　＿＿＿　文/譯筆＿＿＿　價格＿＿＿

讀完書後您覺得:

　□很有收穫　□有收穫　□收穫不多　□沒收穫

對我們的建議:＿＿＿＿＿＿＿＿＿＿＿＿＿＿＿＿＿＿＿＿＿＿＿＿＿＿＿

＿＿＿＿＿＿＿＿＿＿＿＿＿＿＿＿＿＿＿＿＿＿＿＿＿＿＿＿＿＿＿＿＿

＿＿＿＿＿＿＿＿＿＿＿＿＿＿＿＿＿＿＿＿＿＿＿＿＿＿＿＿＿＿＿＿＿

＿＿＿＿＿＿＿＿＿＿＿＿＿＿＿＿＿＿＿＿＿＿＿＿＿＿＿＿＿＿＿＿＿

11466
台北市內湖區瑞光路 76 巷 65 號 1 樓

秀威資訊科技股份有限公司 　　收

BOD 數位出版事業部

（請沿線對折寄回，謝謝！）

姓　　名：＿＿＿＿＿＿＿＿＿＿＿＿＿＿＿＿　年齡：＿＿＿＿＿　性別：□女　□男

郵遞區號：□□□□□

地　　址：＿＿＿＿＿＿＿＿＿＿＿＿＿＿＿＿＿＿＿＿＿＿＿＿＿＿＿＿

聯絡電話：(日) ＿＿＿＿＿＿＿＿＿＿＿＿　(夜) ＿＿＿＿＿＿＿＿＿＿＿＿＿

E-mail：＿＿＿＿＿＿＿＿＿＿＿＿＿＿＿＿＿＿＿＿＿＿＿＿＿＿＿